KB089162

도리언 그레이의 초상

MINI BOOK
CLOUD
LIBRARY
35

도리언 그레이의 초상
-2-

The Picture of
Dorian Gray

오스카 와일드 지음

엄인정·이한준 옮김

생각뿔

차례

10

이윽고 빅터가 왔고, 도리언은 그가 혹시 자신의 초상화를 보게 되지는 않을까 전전긍긍하며 그를 바라보았다. 하지만 빅터는 너무나 침착히 그의 지시를 기다리고 있었다. 도리언은 담배에 불을 붙이고는 거울 앞으로 다가가 거울에 비친 빅터의 얼굴을 보았다. 그의 표정은 마치 자신에게 복종하는 침착한 가면 같았다. 그런 모습을 보니 도리언의 걱정은 어느 정도 사라졌지만, 그래도 아직은 방심할 수 없다고 생각했다. 그는 아주 느릿느릿한 말투로 빅터에게 가정부를 부르도록 하고, 액자 제작자에게 일꾼 두 명을 즉시 보내 달라는 말을 전하라고 말했다. 빅터는 방을 나서면서 병풍 쪽을 조심스레 휘둘러보는 것 같았지만, 도리언은 그저 자신의 착각일 뿐이라고 생각했다.

잠시 후 흑색 비단으로 된 드레스를 입고 주름투성이 손에 낡은 장갑을 긴 리프 부인이 부산스럽게 서재로 들어왔다. 도리언은 그녀에게 공부방 열쇠를 달라고 말했다. 그러자 그녀는 놀란 목소리로 말했다.

"예전의 그 공부방 말씀인가요, 도리언 도련님? 아이고, 그 방은 지금 먼지로 자욱합니다. 우선 제가 청소를 좀 하고는 들어가시는 게 나을 듯해요. 지금은 도련님이 들어가실 수 있는 상태가 아닙니다. 지금은 좀 그래요."

"리프, 정리할 필요 없어. 그저 열쇠만 주면 돼."

"도련님, 그 방에 들어가신다면 온통 거미줄을 뒤집어쓰실 거예요. 주인 어르신이 돌아가신 이후, 거의 5년 넘게 아무도 쓰지 않은 방이었는데요."

도리언은 그녀가 자신의 할아버지를 언급하자 표정이 일그러졌다. 그는 할아버지에 대한 증오스러운 기억이 많았기 때문이다.

"상관없다니까. 그저 방만 보고 싶은 것뿐이야. 어서 열쇠를 줘."

나이가 든 그녀는 서툰 손으로 열쇠 꾸러미를 뒤적이다가 말했다.

"알겠습니다. 여기 열쇠예요. 얼른 빼서 드려야겠지요. 그런데 그곳에서 사시려고 그러시는 건 아니겠지요? 당연히 여기가 더 편하실 텐데."

"아이참, 아니라니까! 고맙네, 리프. 이제 됐네." 그는 화난 목소리로 말했다.

하지만 리프 부인은 그곳에 잠시 더 머무르며 온갖 집안일에 대해 주저리주저리 이야기를 늘어놓았다. 도리언은 한숨을 쉬며 그녀가 하고 싶은 대로 일하라고 말했다. 그러자 기분이 좋아진 리프 부인은 환한 미소를 머금은 채 방 밖으로 나갔다.

문이 닫힌 뒤 도리언은 열쇠를 주머니에 넣고는 방 안의 이곳저곳을 둘러보았다. 이윽고 금색 실로 수놓아져 묵직해 보이는 크나큰 자주색 공단이 그의 눈에 들어왔다. 도리언의 할아버지가 볼로냐 근처에 있는 어느 수녀원에서 구했다는 17세기 후반의 베네치아산 제품이었다. 저것으로 그 끔찍한 초상화를 덮을 수 있을 것이었다. 그것은 아마 예전에 죽은 자의 관을 덮는 데 이따금 사용된 공단이었을 것이다. 이제 이것은 죽음의 부패보다 더 심한 부패, 다시 말해 공포를 유발하고 영원히 사라지지 않을 그것을 감추는 데 사용될 것이었다. 벌레가 죽은 자의 몸을 훼손시키는 것처럼 이제 그의 죄는 초상화에 그려진 자신의 모습을 훼손시킬 것이다. 그의 죄는 아름다운 얼굴을 흉측하게 만들고, 우아한 얼굴을 죄다 갉아먹어 치욕스럽게 만들 것이었다. 그럼에도 그 초상화는 여전히, 그리고 영원히 살아 있을 것이었다.

순간 도리언은 몸을 부들부들 떨었다. 이내 그는 자신이 초상화를 감추려는 진짜 이유를 바질에게 말하지 않은 것을 후회하기도 했다. 바질이라면 헨리 경의 영향, 그리고 자신에게서 비롯되는 파괴적인 기질에서 과감히 벗어날 수 있도록 해결책을 제시해 줄 수 있을지도 몰랐다. 바질이 자신에 대해 품고 있는 사랑—진정한 사랑이라 말할 수 있는—에는 미천하거나 무지몽매한 면이라고는 조금도 찾아볼 수 없었다.

바질의 사랑은 그저 아름다움의 대상을 위해 내뱉는 형이하학적 찬사가 아니었다. 그의 사랑은 몽테뉴나 빙켈만, 미켈란젤로나 셰익스피어가 추구했던 그런 사랑이었다. 그렇다. 바질이라면 그를 구원해 줄 수 있었을 것이다. 하지만 이미 때는 너무 늦어 버렸다. 과거는 언제나 지워 버릴 수 있는 것이다. 후회나 부정, 망각의 느낌도 그럴 수 있다. 하지만 미래는 감히 피할 도리가 없다. 이제 도리언에게는 어떻게든 배출해야만 하는 열정이 생겼고, 악독한 그림자를 감추어야만 하는 꿈이 생겼다.

그는 소파를 덮고 있던 큰 덮개를 벗겨 양손에 들고는 조심스레 병풍 안으로 들어갔다. 초상화는 전보다 더 악독한 모습으로 변했을까? 다행히 또 다른 변화는 없는 듯했지만, 초상화에 대한 도리언의 혐오감은 점점 깊어져만 갔다. 금색 머리카락, 푸른 눈동자, 장밋빛 입술 모두 그대로였지만 잔인하게 변해 버린 표정은 변함이 없었다. 도리언은 그 표정을 보니 다시 소름이 끼쳤다. 자신이 시빌 베인에게 내뱉은 질책에 비하면, 그 표정은 너무나 준엄하고 중대했다. 캔버스의 그림에 담긴 그의 영혼이 도리언을 바라보며 심판을 내리는 것만 같았다. 순간 그는 다시 고통이 일었다. 그는 들고 있던 천을 그림 위로 던져 덮어 버렸다.

그때 노크 소리가 들리더니 빅터가 들어왔고, 그는 얼른 초상화에서 물러섰다.

"주인님, 일꾼들이 막 도착했습니다."

도리언은 우선 빅터를 당장 방 밖으로 내보내야 한다고 생각했다. 빅터가 그 그림을 어디로 치웠는지 알게 해서는 안 될 것이었다. 빅터에게는 왠지 간사하고 꾀가 많아 보이는 면이 있었는데, 도리언은 그런 모습을 영 신뢰할 수 없었다. 도리언은 급히 테이블에 앉아 헨리 경에게 보내는 짧은 편지를 썼다. 읽을거리를 보내 달라는 것과 그날 저녁 8시 15분에 만나자는 약속을 잊지 말라는 단순한 내용이었다. 그는 편지를 빅터에게 전하며 말했다.

"반드시 그를 기다렸다가 답장을 받아 와야 하네. 일꾼들은 이곳으로 데려오게."

몇 분 후, 사우스 오들리 가의 유명한 액자 제작자인 허버드가 다소 거친 생김새를 지닌 조수와 함께 방 안으로 들어왔다. 허버드는 불그스레한 혈색에 붉은 구레나룻을 지닌 다소 체구가 작은 사람이었다. 그는 자신이 거래하는 대부분 예술가가 지독한 가난에 시달린다는 사실을 알고는 예술에 대한 찬양을 잘 하지 않게 되었다. 평소에 그는 절대 가게를 벗어나지 않고 손님들이 찾아오기를 기다리는 사람이었지만, 도리언 그레이에게만큼은 예외였다. 도리언에게는 모든 사람을 매혹시키는 무언가가 있었고, 그를 마주하는 것만으로도 기분이 한결 나아졌기 때문이다. 그는 반점이 가득한 두툼한 손을 비비며 말을 건넸다.

"어떤 일이신지요, 그레이 씨? 때마침 아주 아름다운 액자에 대해 말씀드릴 겸 해서 이곳으로 오게 되었습니다. 제가 경매로 가져온 피렌체 액자입니다. 폰트힐 대저택에서 나온 걸로 보고 있는데, 종교화를 걸기에는 아주 좋은 액자지요."

"허버드 씨, 우선 이곳까지 직접 오시게 해서 미안합니다. 저는 종교화에 대해서는 큰 흥미가 없지만, 나중에 기회가 된다면 꼭 가서 보도록 하지요. 지금은 그림 한 점을 옮기기 위해서 부르게 되었습니다. 이 초상화는 꽤 무거워서 일꾼 두 사람 정도는 필요하다고 생각했지요."

"그렇군요. 염려 마십시오. 어떤 일이든 도와드릴 테니까요. 어떤 그림인지요?"

그러자 도리언은 병풍을 밀며 말했다.

"이것입니다. 이 그림을 천을 덮은 채로 옮기면 좋겠군요. 흠집이 나서는 안 될 테니 말이지요."

"어려울 게 있겠나요."

친절한 허버드는 조수의 도움을 받아 그림에 걸어 놓은 긴 놋쇠 사슬을 풀며 말했다.

"자, 이제 어느 곳으로 옮기면 될까요?"

"제가 안내해 드리겠습니다. 아, 허버드 씨가 앞장서시는 게 좋겠군요. 맨 꼭대기 층이고, 정면에 있는 계단이 넓은 편이니 그쪽으로 가시지요."

허버드는 신사가 이 일을 거드는 것을 원치 않았지만, 워낙 크고 정교하거니와 무거운 액자를 옮기는 일이다 보니 도리언은 종종 그들의 일을 도와주었다.

"어휴, 엄청 무거운 물건이네요." 꼭대기 층 계단참에 다다랐을 때쯤 왜소한 허버드는 숨을 헐떡이며 땀으로 반지르르해진 이마를 닦고는 말했다.

"꽤 무겁네요." 도리언은 자신의 비밀을 지켜 줄, 그리고 자신의 영혼을 숨겨 줄 방의 문을 열었다.

그는 거의 4년 만에 이곳에 다시 온 것이었다. 유년 시절에는 놀이방, 조금 자란 후에는 공부방으로 쓴 뒤 좀처럼 들어가 본 적이 없던 방이었다. 비교적 크고 잘 갖추어진 이 방은 생전 켈소 경이 손자가 쓸 수 있도록 특별히 만들어 준 방이었다. 하지만 켈소 경은 도리언이 자신의 딸을 닮았다는 것이외에도 이러저러한 이유로 그를 미워하고 곁에 두지 않으려 했다. 방은 크게 바뀐 것이 없어 보였다. 어릴 때 가끔 몸을 숨기던 크나큰 이탈리아제 상자가 보였다. 정면에 있는 판자에는 너무나 환상적인 그림이 걸려 있었고, 금박을 입힌 주물(鑄物)은 색이 바래져 있었다. 모서리가 접힌 책들은 마호가니로 만들어진 책꽂이에 걸려 있었고, 플랑드르(11세기 이후 모직물업이 발달한 도시. 네덜란드 서부와 프랑스 북부에 걸쳐 있음)에서 만들어진 태피스트리는 예전 모습 그대로 걸려 있었다. 방의 한가운데에는 빛이 바랜 모습의 왕과 여왕이 정원에서 체스를 두고, 그 옆으로 장갑을 낀 한 무리의 매 사냥꾼들이 두건으로 덮어 놓은 매를 올려놓고는 말을 타며 지나가는 그림이 보였다. 모든 기억이 생생히 되살아났다. 도리언은 그 방을 바라보니 외로웠던 어린 시절의 모든 순간이 다시 찾아오는 듯했다. 맑고 순수했던 그 시절을 떠올리던 도리언은 이제 초상화를 옛 추억이 서린 이곳에 감추어야만 한다는 사실이 섬뜩하게 느껴졌다. 어릴 적 그때는 자신에게 앞으로 이런 시련이 다가올지 전혀 예상하지 못했던 것인가!

하지만 사람들의 시선을 피할 수 있는 장소로는 이곳만 한

데가 없었다. 도리언만이 열쇠를 가지고 있었기에 아무나 드나들 수 없었다. 캔버스에 그려진 초상화는 덮개 속에서 점차 흉측하고 생기를 잃은 모습으로 변해 갈 것이다. 하지만 이제 그것이 무슨 상관이겠는가? 이제 아무도 그 모습을 볼 수 없을 테니 말이다. 도리언 또한 그 모습을 보지 않을 것이었다. 자신의 영혼이 메말라 가는 모습을 그로서는 굳이 관찰할 이유가 없었다. 그는 젊음을 간직하게 된 것만으로도 충분했다. 게다가 어쩌면 자신의 본성이 앞으로 좋아질지도 모르는 일이었다. 미래가 치욕만으로 가득하게 될 이유는 없었다. 어쩌면 언젠가 자신의 인생에 사랑이 다시 찾아와 그를 정화해 줄 수도 있었다. 그래서 이미 자신의 영혼을 지배하고 있는 죄악들 — 아직 채 드러나지 않은 신비스러움 때문에 더 교묘하고 매력적으로 보이는 오묘한 죄악들 — 에서 자신을 구원할 수도 있지 않겠는가. 그렇다면 그 잔인한 주홍색 입가도 사라지게 될 것이고, 바질의 걸작을 온 세상에 전시할 수도 있을 것이다.

아니, 그럴 리가 없다. 시간의 흐름을 거스를 수 없기에 캔버스는 점점 늙어 갈 것이다. 설령 이것이 가증스러운 죄악을 피해 가더라도 세월의 흐름마저 피할 수는 없을 것이다. 곧 양 볼은 푹 팬 상태가 될 것이고, 생기를 잃은 흐린 눈가는 주름이 자글자글해지며 소름 돋는 인상을 풍길 것이다. 윤기가 돌던 머리카락은 점차 아름다운 모습을 잃고, 입은 마치 나이 든 사람처럼 축 늘어지게 될 것이다. 목에도 굵은 주름이 생기고, 손의 혈관이 튀어나올 것이며, 몸은 어렸을 적 자신에게 모질게 대했던 켈소 경의 모습처럼 뒤틀리고 말 것이다. 그러니 초상화를 감출 수밖에 없었다. 어쩔 수 없는 일이었다.

"허버드 씨, 기다리게 해서 미안합니다. 무엇을 좀 생각하느라 얘기가 늦었네요. 자, 어서 안으로 옮기시지요."

"그러면서 저희도 좀 쉬는 시간을 갖는 것이요. 정확히 어느 곳에 놓을까요?"

"아무 데나 놓아도 될 겁니다. 아, 여기가 좋겠군요. 걸어둘 건 아니니, 그저 벽에다 기대어 놓기만 하면 됩니다. 고맙습니다."

"혹시 어떤 작품인지 볼 수 있을까요?"

"아, 아니요. 괜찮습니다." 도리언은 깜짝 놀라며 말했다. 그는 자신의 비밀을 감추고 있는 덮개를 누군가 들추려 한다면 당장이라도 바닥에 엎어뜨려 망가뜨릴 듯했다.

"자, 이제 됐네요. 이렇게까지 수고해 주시니 뭐라 감사를 표해야 할지 모르겠네요."

"별말씀을요. 또 무슨 일이 생긴다면 언제든 불러 주십시오."

허버드는 쿵쿵 소리를 내며 조수와 함께 계단을 내려갔다. 조수는 여전히 너무나 놀란 표정으로 그를 바라보았다. 저렇게 경탄을 일으킬 정도로 준수한 사람을 처음 본 것만 같은 모습이었다.

그들의 발소리가 멀어지자, 도리언은 방문을 잠그고 열쇠를 주머니에 넣고서야 한결 마음을 놓을 수 있었다. 이토록 끔찍한 모습은 이제는 아무도 보지 못할 것이다. 자신을 제외한 어느 누구도 이 치욕을 보지 못할 것이다.

그가 다시 서재로 내려왔을 때는 이미 5시가 훌쩍 넘은 시간이었다. 테이블에는 벌써 한 잔의 차가 놓여 있었다. 은은한 향기가 나는 흑색 목재에 진주가 촘촘히 박혀 있는 이 테이블은 그의 후견인인 래들리 경의 부인이 선물해 준 것이었다. 숙환으로 고생하던 그녀는 지난겨울을 카이로에서 지냈다. 그 테이블 위에는 어느새 헨리 경의 짧은 답신, 그리고 표지가 찢어지고 모서리는 얼룩진 책 한 권이 놓여 있었다. 〈세인트 제임스 가제트〉라는 일간지도 있었다. 분명 빅터는 돌아온 듯했다. 혹시 허버드와 그의 조수가 문 밖을 나서며 그와 마주치지는 않았을까. 그래서 빅터가 그들에게 무슨 일을 했는지 꼬치꼬치 캐물어 보지는 않았을까. 빅터는 분명 자신이 자리를 비운 사이에 초상화가 사라졌다는 사실을 눈치챘을 것이다. 아니, 차와 책을 가져다 놓으면서 분명 그는 이 사실을 알았을 것이다. 이미 병풍은 위치를 옮긴 상태였고, 벽은 텅 비어 있었으니 말이다. 어쩌면 그는 어느 날 밤에 남몰래 계단을 올라가 맨 위층의 방문을 열어 보려 할지도 몰랐다. 집 안에 그런 사람이 있다는 것은 두려운 일이었다. 도리언은 언젠가 어느 하인이 주인의 편지를 훔쳐보거나 이야기를 엿담아 듣고, 주소가 적힌 어떤 카드나 베개 아래에서 시든 꽃 혹은 구겨진 레이스 조각 등을 주워서 주인을 평생토록 협박했다는 이야기를 들어 본 적이 있었다.

그는 잠시 한숨을 쉬고 차를 마시다가 헨리 경이 보낸 답신을 보았다. 석간신문과 함께 그가 분명 흥미로워할 책을 보냈으며, 8시 15분에는 분명 클럽에 있을 것이라는 내용이 적혀 있었다. 도리언은 〈세인트 제임스 가제트〉를 훑어보다가 5면에 붉은 색연필로 표시된 부분을 보게 되었다.

여성 배우 사망 사건에 대한 검시(檢屍)

오늘 오전, 혹스턴 거리의 벨 테이번에서 지역 검시관 댄비의 주관하에 최근까지 홀번의 로열 극단에 소속되어 있던 젊은 배우, 시빌 베인의 검시가 진행되었다. 그 결과, 우발적인 사고사로 밝혀졌다. 고인의 어머니는 직접 증언하고, 부검을 진행한 비렐 박사의 결과를 들으면서 큰 충격을 받은 듯했다.

이 내용을 읽은 도리언은 인상을 찡그리고는 신문을 두 쪽으로 찢어 던져 버렸다. 모든 것이 정말 악독했다. 어떻게 이토록 끔찍한 일을 꾸민 것인가! 도리언은 헨리 경이 자신에게 그런 기사를 보냈다는 것에 심히 불쾌했다. 더구나 붉은 색연필로 표시까지 해 두었으니, 어쩌면 빅터가 이 기사를 읽었을지도 모른다. 그는 그 정도의 영어는 충분히 독해할 수 있는 사람이었다. 만약 읽었다면 무언가 의심의 눈초리를 보낼지도 모른다. 하긴 그렇다고 해서 뭐 문제될 것이 있겠는가? 시빌 베인의 죽음에 도리언 그레이가 연관돼 있다는 증거를 찾을 수 있겠는가? 두려워할 것은 없다. 도리언 그레이가 그녀를 살해한 것은 아니기 때문이다.

그는 헨리 경이 보낸 노란색 책의 내용이 궁금해져서 진주색으로 된 작은 팔각형의 스탠드 앞으로 갔다. 그는 이 스탠드를 볼 때면 마치 이것이 이집트의 벌, 그것도 기이하게 생긴 그것들이 마치 은색으로 엮어진 미를 뽐내는 작품 같다는 인상을 받았다. 이내 그는 책을 집어 들고는 안락의자에 앉아 찬찬히 내용을 살펴보기 시작했다. 곧 그는 책의 내용에 빠져들었다. 이 책은 그가 읽었던 것들 가운데 가장 오묘한 책이었다. 도리언은 마치 기묘한 옷을 입은 세상의 온갖 죄악들이 아름다운 피리 소리에 맞추어 조용히 자신 앞을 배회하는 듯한 기분이 들었다. 아련한 꿈만 같았던 것들이 불현듯 자신 앞에서 위용을 뽐내는 듯했다. 더구나 아예 꿈꾸지 못했던 모습들도 서서히 나타나는 것만 같았다.

어떠한 플롯도 없었고, 등장인물도 단 한 명뿐인 소설이었다. 파리에 사는 어떤 청년의 심리에 대한 연구 보고서라고 할 수 있을 듯한 내용이었다. 그 청년은 자신이 살고 있는 세기를 제외한 모든 세기의 열정과 사고방식을 자신이 살고 있는 시대에 이루어 내기 위해 애쓰는 사람이었다. 그는 일반인들이 미덕이라고 부르는 수많은 체념, 그리고 현자들이 끊임없이 죄라고 칭하는 자연스러운 반항들은 모두 인위적이며 작위적이라고 보았다. 그렇기에 오히려 이것들을 더욱더 열렬히 사랑하며, 세계정신(世界精神)이 지닌 다양한 감정을 자신의 내면에 담고 요약하기 위해 노력했다. 마치 보석처럼 공들인 문체, 그리고 생생하면서도 모호한 은어와 고어, 게다가 정교한 부연 설명과 기교적인 표현이 더해진 이 책은 프랑스에서 최고의 상징주의 소설이라 예찬 받는 작품들에서 흔히 볼 수 있는 특징적인 문체로 쓰여 있었다. 그 책 안에는 연보라색 난초처럼 기묘하고 특이한 색채의 은유도 있었으며, 다분히 감각적인 삶의 모습이 신비주의(神祕主義) 같은 철학적 용어로 표현되어 있기도 했다.

분명 위험한 책이었다. 때때로 도리언은 자신이 어느 중세 시대 성자(聖者)의 정신적 황홀경을 읽고 있는 것인지 혹은 현 시대의 어느 죄인의 병적인 고백을 듣고 있는 것인지 분간할 수 없었다. 책의 매 페이지마다 이런 향기가 진득하게 품어져 있어 자신의 머릿속을 어지럽게 했다. 정교하게 반복되는 복잡한 리듬의 운율, 어느 미묘한 음악이 지닌 듯한 단조로운 문장은 도리언의 마음에 치명적인 몽상을 심어 주었다. 해가 지는 것도, 어둠이 스멀스멀 다가오는 것도 모를 정도의 몽상이었다.

구름 한 점 보이지 않는 황록색 하늘에 마치 구멍이 난 듯 외로이 빛을 발하는 별 하나가 창문 사이로 그에게 희미하게 빛을 보내고 있었다. 그는 그 빛에 겨우 의지해 더 이상 책을 읽을 수 없을 때까지 그 책을 읽어 나갔다. 빅터가 약속 시간에 늦는다고 몇 번씩이나 채근할 때가 되어서야 그는 겨우 자리에서 일어나 옆방으로 갈 수 있었다. 이내 그는 침대 옆에 있는 작은 피렌체산 테이블에 책을 올려놓고 옷을 갈아입었다. 거의 9시가 다 되어 클럽에 도착한 그는 너무나 지루한 표정으로 혼자 거실에 앉아 있는 헨리 경의 모습을 보았다.

"해리, 미안해요. 하지만 이번엔 모두 당신 잘못이에요. 당신이 제게 준 그 책이 얼마나 매혹적이던지 시간 가는 걸 깜빡하고 말았거든요."

"역시! 자네가 좋아할 줄 알았네." 헨리 경은 자리에서 일
어나며 답했다.

"해리, 제가 그 책이 좋다고 하지는 않았는걸요. 그저 매혹
적이라고만 얘기했을 뿐이라고요. 좋은 것과 매혹적인 것은
분명한 차이가 있지요."

"아, 정녕 그것을 깨달은 건가." 헨리 경은 나지막이 말하
고는 곧 그와 함께 식당으로 들어갔다.

11

　도리언 그레이는 몇 년이나 그 책의 영향에서 벗어날 수 없었다. 아니, 어쩌면 그가 단 한 번도 그 책의 영향에서 벗어나지 않으려 했다는 것이 더 정확한 표현이겠다. 그는 파리에서 그 책의 대형 초판본을 아홉 권이나 사들여 각각 다른 색깔로 겉표지를 꾸몄다. 자신의 다채로운 기분, 그리고 때때로 통제력을 잃어버리는 변덕스러운 기질에 따라 읽기 위해서였다. 도리언에게는 소설의 주인공이자 아주 낭만적이면서도 과학적인 기질이 오묘하게 뒤섞인 파리의 이 청년이 자신의 미래를 암시하는 인물처럼 느껴졌다. 또한 이 책의 내용은 자신의 인생을 미리 쓴 것처럼 느껴지기도 했다.

　다만 한 가지 면에서 그는 소설 속의 청년보다 운이 좋다고 할 수 있었다. 파리의 청년이 너무나 아름다웠던 외모를 일순간 잃게 되며 맞닥뜨린 공포, 다시 말해 거울이나 반질반질한 금속의 표면, 자신의 얼굴이 비치는 잔잔한 수면을 바라보는 것에 대한 공포를 도리언은 알지 못했거니와 알 필요성 또한 느끼지 않았다. 그렇기에 작품의 후반부에서 다른 사람들의 평을 접할 때, 이 세상에서 가장 가치 있다고 생각한 것들을 모두 잃어버린 그의 비애를 바라보며 도리언은 잔인한 환희를 만끽했다. 모든 환희에는 쾌락 같은 잔인함이 깃들어 있는 법이니까.

어쨌든 바질은 물론이거니와 모든 이들을 매혹시킨 경이로운 아름다움은 도리언에게서 영원히 떠나지 않을 것만 같았다. 설령 그에 대한 험담이나 그의 생활 방식에 대해 런던 전반에 괴이한 소문이 퍼졌을 때도 일단 그를 마주하기만 한다면 저절로 그 이야기를 믿지 않게 되었다. 도리언은 언제나 세속 따위에 물들지 않은 청년처럼 보였다. 소리 높여 욕하던 사람들도 도리언의 모습을 볼 때면 저절로 입이 다물어졌고, 마치 그들을 꾸짖는 듯한 순진무구한 표정을 보면 자신들의 순수했던 어린 시절을 떠올리지 않을 수 없었다. 세상 사람들은 도리언이 어떻게 이 타락한 세상 속에서 조금의 때도 묻히지 않고 살아갈 수 있는지 의아하게 여길 정도였다.

도리언은 종종 장기간 집을 비울 때가 있었다. 그럴 때면 그의 친구들, 그리고 그가 친구라고 생각하는 사람들은 그에 대해 온갖 억측들을 떠벌리곤 했다. 이에 개의치 않던 도리언은 집에 돌아오면, 항상 몸에 지닌 열쇠로 맨 위층의 방에 들어가 바질이 그려 준 초상화 앞에 서서 악독하게 늙어 가는 그 얼굴을 바라보다가 이내 거울을 들고 자신의 아름다운 얼굴을 바라보았다. 이런 극적인 대조는 그에게 극도의 쾌감을 불러일으켰다. 그는 자신의 아름다움에 점점 더 빠져들었고, 자신의 영혼이 타락하는 것에도 차츰 흥미를 느끼고 있었다. 종종 그는 세심하면서도 괴이한 희열 속에서, 이마를 더욱더 주름지게 하고 입가 주변에 있는 흉한 선들을 살펴보았다. 그럴 때마다 그는 세월의 흔적과 죄악의 흔적 중에 어느 것이 더 잔인한 것인지 궁금해 하기도 했다. 또 자신의 백옥 같은 손을 초상화의 통통 부은 손과 대조해 보며 환한 미소를 보이기도 했다. 점점 흉측하고 볼품없이 변해 가는 초상화의 모습을 바라보며 그는 조롱에 가까운 웃음을 보낸 것이다.

물론 은은한 향기로 가득한 자신의 방에 누워 있는 어떤 밤 혹은 가명으로 변장한 채 종종 드나들곤 하던 부둣가의 어느 선술집의 방에 누워 있던 어떤 밤, 그는 잠을 이루지 못하면서 이기적으로 타락해 버린 자신의 영혼에 연민을 느끼며 생각에 잠기던 때도 있었다. 하지만 그럴 때는 드물었다. 바질의 정원에서 헨리 경이 자신에게 불어넣어 준 인생에 대한 호기심, 그것은 점점 더 커져만 갔다. 알면 알수록 점점 더 많은 것을 알고만 싶었다. 미칠 듯한 굶주림은 채우면 채울수록 더욱더 심해져만 갔다.

하지만 그는 적어도 사교계에서 무모한 짓을 벌이는 사람은 아니었다. 겨울에는 매달 한두 번 정도, 그리고 본격적인 사교 시즌일 때는 매주 수요일 저녁마다 사람들을 초대하고, 당대에 유명한 음악가를 초빙해 사람들의 마음을 사로잡으려고 노력했다. 헨리 경의 도움을 받아 그가 매번 베풀었던 만찬은 손님들을 각별히 신경 쓰는 것으로 유명했다. 매번 이

국적인 꽃들과 아름다운 수가 놓인 식탁보, 금과 은으로 된 골동품 접시들이 섬세한 조화를 이루며 놓였고, 손님들을 세심하게 선정하거나와 자리 또한 사려 깊게 정하는 것으로 명성을 떨친 것이다. 그리고 대부분 사람—특히 젊은 사람들을 중심으로—은 자신이 학교에 다닐 때 꿈꿔 왔던 전형적인 인물, 다시 말해 교양을 갖춘 학자이자 우아함과 아름다운 기품을 지니며 더없이 완벽한 예절을 갖춘 인물이 있다면, 바로 도리언 그레이일 것이라 여기기도 했다. 그들에게 도리언은 단테의 말처럼 '미를 숭배함으로써 완벽해지기 위해' 노력하는 사람이었으며, 고티에의 말처럼 '바로 그를 위해 눈앞의 세상이 존재하는' 것이었다.

분명 그에게 삶은 모든 예술 중 가장 가치 있는 것이며, 가장 위대한 예술이었다. 다른 모든 예술은 그저 인생을 이루기 위한 예비 과정에 불과했다. 또한 환상적인 것을 어느 순간 보편적인 것으로 만들어 버리는 유행, 그리고 나름의 방식으로 순수한 현대미를 앞세우는 댄디즘(겉치레나 허세 등으로 자신을 뽐내려는 경향)도 그의 마음을 사로잡았다. 그렇기에 그가 옷을 입는 방식과 독특한 차림새는 메이페어의 무도회장이나 펠멜의 클럽을 드나드는 젊은이들에게 이따금 영향을 미치기도 했다. 그들은 도리언의 모습이라면 무엇이든지 따라 하려 애썼다. 정작 도리언은 별생각 없이 꾸민 것도 그들은 똑같이 따라 하기 위해 노력하기도 했다.

이제 어엿한 성인이 된 그는 자신에게 주어진 지위를 기꺼이 받아들였고, 또한 자신이 『사티리콘(고대 로마의 작가 페트

로니우스의 소설. 인간의 본능과 욕망을 적나라하게 표현함)』의 저자가 보여 준 인간형을 똑같이 재현할 수 있을 거라는 생각에 묘한 쾌감이 일기도 했다. 하지만 내심 그는 이 책의 저자처럼 단순히 어떤 보석을 달아야 하는지, 넥타이의 매듭은 어떻게 해야 하는지, 지팡이는 어떻게 써야 하는지 등을 물어보는 사람 이상의 존재가 되기를 바라고 있었다. 그는 나름의 가치를 지닌 철학과 정제된 원칙을 지닌 새로운 삶의 구도를 만들어 가고 싶었다. 또한 자신의 감각에 정신적인 의의를 부여함으로써 삶의 구도를 극도로 실현할 수 있다고 여겼다.

감각을 숭배하는 것은 종종 나름의 합당한 이유로 비난의 대상이 되었다. 보통 사람들은 자신보다 강하게 보이는 열정과 감각, 혹은 자신보다 열등한 존재들과 공유하는 열정이나 감각에 대해 선천적으로 두려움을 느끼기 때문이다. 하지만 도리언은 감각의 진정한 본질이 지금껏 결코 사람들에게 이해되지 않았기에, 감각을 그저 야만적인 것으로 치부하고 있다고 여겼다. 세상은 감각을 하나의 정신적인 요소로 떠받들어 아름다움을 추구하지 않고, 오히려 감각을 잃어버리게 만들어 감각이 여전히 미개한 상태로 남아 있게 하는 것은 아닌가 하는 생각마저 들었다. 그는 과거의 역사적 인물을 되돌아보며 크나큰 상실감에 사로잡혔다. 너무나 변변찮은 목적 때문에 이토록 많은 사람이 희생되다니! 두려움이라는 기저 속에서 고집스럽고 맹목적인 거부, 소름 끼치는 자기 학대와 자기 부정이 있었다. 결국 사람들은 무지의 상태에서 본능적으로 피하고자 했던 타락보다 훨씬 더 끔찍한 타락을 경험해야

했다. 우리 상상을 뛰어넘는 엄청난 타락이었다. 이토록 놀라운 아이러니 속에서 자연은 은둔자를 내몰아 야생 동물들과 함께 음식을 섭취하게 했고, 속세를 버린 사람들에게는 들판의 짐승들을 벗으로 삼도록 했던 것이다.

그렇다. 헨리 경의 말대로 새로운 쾌락주의가 필요한 것이다. 우리는 지금 동시대에 되살아나고 있는 구시대적 청교도주의(신과의 계약을 바탕으로 하는 사상 혹은 생활 태도)로부터 벗어나 삶을 다시 창조할 수 있어야 한다. 물론 이를 정립하기 위해서는 지성의 도움을 받아야겠지만, 이제는 어떤 열정적인 경험의 희생을 요구하는 이론이나 체계는 절대 받아들이면 안 된다. 새로운 쾌락주의는 경험하는 것 그 자체로 목적이 되어야 하지 경험을 가치 절하해서는 안 될 것이다. 또한이는 인간에게 한낱 순간에 불과한 우리의 삶을 매 순간에 몰입할 수 있도록 도와줄 것이다. 종종 우리는 동이 트기도 전에 잠에서 깰 때가 있다. 죽음을 생각하게 하는 밤, 혹은 괴이하고 기형적인 쾌락의 밤을 보낼 때가 그렇다. 그때 우리는 모든 기괴한 요소에 잠복해 있는 생기 넘치는 환영들, 특히 몽상에 사로잡힌 사람들의 예술이라 불리는 고딕 예술에 영원한 생명을 불어넣는 우리 안의 환영들이 머릿속 곳곳을 휩쓸고 지나가는 것이다. 그럴 때 새벽이 되면 어느새 하얀 손가락 같은 빛줄기들이 커튼 사이로 떨리는 듯한 모습으로 들어오고, 환상적인 모습을 지닌 검고 말이 없는 그림자들은 방구석으로 기어들어 가 몸을 웅크린다. 밖에서는 나뭇잎 사이에서 바스락거리는 새들의 소리와 일터로 향하는 사람들의 소리, 그리고 자줏빛 동굴에서 잠을 몰아내야 하는데도 잠자는 사람을 깨우는 것이 두려운 듯 흐느끼는 바람의 소리가 들린다.

이윽고 여러 겹의 장막 같던 안개가 희미하게 걷히고, 사물의 형태와 색들도 점점 본래의 모습을 찾으면 우리는 새벽이 세상을 원래의 모양대로 되살리는 것을 보게 된다. 거울은 차츰 어둠 속에서 벗어나 본래의 모방하는 존재로 돌아간다. 불이 꺼진 작은 양초는 원래 있던 자리에 놓여 있고, 그 옆에는 공부하다 반쯤 펼쳐 둔 책이 있다. 무도회에 갈 때 옷에 꽂아 두었던 철사로 묶은 꽃, 혹은 읽기가 어려웠거나 너무 자주 읽곤 했던 여러 편지 또한 놓여 있다. 변한 것은 아무것도 없었다. 비현실적인 어둠의 그림자에서 벗어나 우리가 익히 알고 있는 실제의 삶으로 돌아온 것이다. 우리는 떠나온 곳에서 다시 실제의 삶을 이어 나가야 한다. 그럴 때면 우리는 종종 어떤 생각에 사로잡힌다. 그것은 틀에 박힌 습관 같은 삶을 다시 이어 가면서도 힘을 내야겠다는 생각일 수도 있다. 하지만 눈을 뜨고 나니 완전히 새롭게 바뀌어 버린 세상, 모든 사물이 새로운 형태와 색채를 지닌 세상, 예전과는 다른 비밀을 가지게 된 세상, 과거의 일들이 더 이상 자리를 잡지 못하고 회한이라는 것을 모르는 상태. 그 가운데 기쁨에 대한 회상이나 고통에 대한 기억마저 모두 지워진 새로운 세상. 그런 바람을 가져 볼 수도 있는 것이다.

도리언 그레이는 이러한 세상을 만드는 것이 진정한 인생의 목적, 혹은 인생의 진정한 목적들 중 하나라고 여겼다. 그는 다분히 새롭고 유쾌한 모습으로, 또한 로맨스에 꼭 필요한 낯섦을 지닌 상태에서 종종 자신의 본성과 다르다고 생각되는 어떤 사고방식을 택하고, 그것에 자신의 몸을 내맡긴 채 지적 호기심을 충족했다. 그러고는 아주 냉정하게 그 생각들을 몰아냈다. 그가 지녔던 이러한 냉담함은 열정적인 기질과 모순되는 것이 아니었다. 어떤 현대의 심리학자에 말에 따르면, 그것이야말로 열정적인 기질을 위해 필요한 것이라고 했다.

한때는 그가 곧 가톨릭교의 신자가 될 것이라는 소문이 돌기도 했다. 사실 그는 가톨릭교회의 예식에 큰 매력을 느꼈다. 고대 세계의 어떤 예식보다도 훨씬 더 경건하게 보이는 듯한 성찬식(예수의 희생을 기념하는 가톨릭교의 의식)은 그의 마음을 흔들었다. 성찬식의 원시적인 단순함, 그리고 그것이 상징하는 인간의 비극에 대한 영원한 비애감은 그를 감동하게 했다. 하지만 이에 못지않게 모든 감각의 증거를 철저히 배제하려는 태도 또한 그를 다분히 매료시켰다. 도리언은 차가운 대리석 바닥에 무릎을 꿇고 앉은 채 빳빳한 꽃무늬의 달마티카(가톨릭교의 미사에서 성직자가 입는 예복)를 입은 신부의 모습을 지켜보는 것을 좋아했다. 특히 신부가 하얀 손으로 성합(성체를 모셔 두는 그릇의 일종)의 장막을 벗길 때, 사람들이 종종 천사의 빵이나 하늘의 양식(糧食)이라고 여기는 하얀 떡 모양의 성체를 들어 올릴 때, 혹은 예수의 고난을 상징하는 옷을 입고 성체를 부러뜨려 성찬용 잔에 넣은 뒤 자신의 죄를 탓하며 가슴을 치는 모습에 그는 시선을 빼앗겼다. 레이스가 달린 주홍색 옷을 입은 소년들이 진지한 표정을 하고는 마치 금박으로 된 꽃을 던지듯 향로를 허공에 흔드는 것도 너무나 매력적이었다. 또한 그는 고해소(告解所)를 경이롭게 바라보았다. 특히 무릎을 꿇고 앉아 자신의 삶을 속삭이는 사람들의 이야기를 들어 보고 싶은 마음이 너무나 간절했다.

하지만 그는 어떤 교리나 체제를 형식적으로 받아들여 자신의 지적인 발전에 해가 될 실수를 하지는 않았다. 자신이 계속 살아가야 할 집과 별도 들지 않는 한밤중에 잠시 머무르기 좋은 여관을 혼동하는 잘못을 저지르지 않은 것이다. 그는 평범한 것을 낯설게 만드는 힘을 지닌 신비주의와 이 사상에 늘 수반되는 듯한 도덕률 폐기론(하느님이 율법을 지키는 의무로부터 교인들을 해방시켰으니, 더 이상 율법을 따르지 않아도 된다고 말하는 일부 그리스도인의 급진적 사상)에 관심을 가진 적이 있었다. 또 어떤 때는 다윈의 유물론(唯物論)에 관심이 생겨 사람들이 가지는 어떤 감정의 근원을 뇌 속의 어떤 진주 모양의 세포나 몸 안의 신경 조직까지 거슬러 올라가 찾아보고, 우리의 정신은 곧 신체의 상태에 전적으로 달려 있다는 개념을 공부하며 오묘한 쾌감을 맛보기도 했다. 하지만 앞에서 말했던 것처럼, 그에게는 삶에 대한 어떠한 이론도 중요한 것이 아니었다. 오로지 삶 그 자체만이 있을 뿐이었다. 그에게는 제아무리 놀라운 이론이라 하더라도, 그것이 실제적 행동과 멀어져 있는 것이라면 그저 하찮은 이론일 뿐이었다. 그는 영혼 못지않게 감각 또한 우리가 풀어내야 할 여러 비밀을 품고 있다고 여겼다.

그래서 그는 짙은 향기를 품은 기름을 증류해 보거나, 동양에서 온 향기 나는 나뭇진을 태우며 향수 제조의 비밀을 연구해 보려 했다. 그는 정신의 모든 기분은 감각적인 삶 속에서 각각 대응되는 것을 가지고 있다는 것을 깨닫고는 그 둘 사이의 관계를 밝히는 일에 몰두한 것이다. 유향 속의 어떤 물질이 인간을 신비감에 빠져들게 하는지, 용연(龍涎) 안의 어떤 물질이 인간의 열정을 자극하는지, 제비꽃의 어떤 물질이 연애에 대한 회상을 일으키는지, 사향의 어떤 물질이 우리의 두뇌를 어지럽게 하는지, 챔팩 나무의 어떠한 물질이 우리의 상상을 저하시키는지 그는 궁금해했다. 이따금 그는 이런 향기의 심리학을 보다 정교히 구성하기 위해 노력했다. 그래서 감미로운 향기가 나는 어떤 뿌리와 여러 향기가 나는 꽃가루가 잔뜩 뿌려진 꽃들, 향기로운 냄새가 나는 기름, 거뭇한 향나무, 메스꺼움을 유발하는 감송(甘松), 사람을 미치게 만들어 버리는 헛개나무, 우울한 마음을 몰아낼 수 있다고 알려진 알로에 등이 인간에게 주는 다양한 영향을 면밀히 살펴보려 했다.

또 어떤 때에 그는 음악에 빠져 있기도 했다. 그래서 주홍빛과 황금빛이 어우러진 천장에 황록색으로 칠해진 긴 격자 모양의 방에서 별난 연주회를 열기도 했다. 마치 미친 사람처럼 보이는 연주자들은 아담한 치터(오스트리아, 스위스 등에서 널리 쓰이는 현악기)로 거친 음악을 들려주었고, 칙칙한 노란빛의 숄을 걸친 튀니지 사람들은 기이한 모양의 류트의 팽팽한 현을 튕김과 동시에 하얀 이를 드러낸 흑인들이 구리로 만들어진 북을 단조롭게 두드렸으며, 터번을 두른 훤칠한 인도 사람들은 주황색으로 된 깔개에 앉아 갈대나 황동으로 만든 길쭉한 피리를 불며 마치 두건을 쓴 것처럼 큰 머리를 자랑하는 뱀과 소름 끼치는 뿔이 달린 살무사에게 주문을 걸거나 그러는 척했다.

슈베르트의 우아한 선율이나 아름다운 슬픔을 노래하는 쇼팽, 그리고 기운이 가득한 조화를 이루는 베토벤의 음악이 별다른 감동을 주지 못하자, 도리언은 이처럼 거친 음정과 불협화음이 빚어내는 음색에 깊은 감동을 느꼈다. 그는 멸망한 나라의 무덤 혹은 서구 문명의 접촉 이후에도 살아남은 몇몇 사람들에게서 구할 수 있는 이색적인 악기를 세계 각지로부터 공수해 와서 그것들을 살펴보고 연주하는 것을 너무나 좋아했다.

그는 아르헨티나 리오네그로 주의 인디언들이 쓰는 신비한 악기인 주르파리스라는 악기도 가지고 있었는데, 이것은 원래 여인들에게는 보는 것조차 허락되지 않았으며 청년들 또한 며칠씩이나 밥을 굶거나 매를 맞는 등의 벌을 받은 후에야 볼 수 있는 것이었다고 한다. 또한 그는 날카로운 새들의 울음소리를 낸다는 페루의 단지, 알폰소 데 오발레(칠레의 제수이트회 신부)가 소리를 들어 본 적이 있다는 칠레의 인간의 뼈로 만든 플루트, 너무나 감미롭고 또랑또랑한 소리를 내는 쿠스코 근방의 녹색 벽옥(碧玉)으로 만들어진 악기들도 보유하고 있었다.

이뿐만이 아니었다. 조약돌을 채워 넣고 흔들면 달가닥거리는 소리가 인상적인 채색된 조롱박, 연주자가 숨을 부는 것이 아닌 악기에서 숨을 들이마셔야 소리가 나는 멕시코의 악기 클라린, 온종일 높은 나무 위에 앉아 있는 파수꾼들이 불면 무려 15km 가까이 떨어진 곳에서도 특유의 귀를 거슬리는 소리가 들린다는 아마존 부족의 악기 튜레, 혀 모양의 나무로 만들어진 진동판이 두 개 달려 있는 테포나즈틀리, 포도알처럼 작은 종들이 여러 개 매달려 있는 아즈텍의 종 요틀, 스페인의 장군인 베르날 디아즈가 그의 부하 코르테즈와 함께 멕시코의 사원으로 향하던 중에 접하고는 그토록 애처로운 소리에 대해 생생히 묘사했다는 일화로 유명한, 거대한 뱀가죽이 인상적인 원통 모양의 큰 북도 소장하고 있었다.

이러한 악기들의 환상적인 특징은 도리언을 한껏 매료시켰다. 그는 자연의 모습처럼 예술에도 야만적인 특징과 섬뜩한 소리를 지닌 특유의 괴이한 속성이 깃들어 있다는 생각에 오묘한 쾌감을 느꼈다. 하지만 차츰 시간이 흐르며 그는 이런 악기들에도 흥미를 잃게 되었다. 그래서 홀로 혹은 헨리 경과 함께 오페라 극장의 특별석에서 〈탄호이저〉를 넋을 잃은 채 바라보다가 이내 황홀한 감정에 젖어들었다. 그는 이토록 위대한 오페라의 서곡에서 자신의 영혼의 비극이 상연되는 것이라는 생각에 빠지기도 했다.

또 언젠가는 보석의 매력에 빠져 이를 연구했던 때도 있었다. 그래서 그는 어느 날 열린 가장무도회에서 무려 560개의 진주가 달린 옷을 입은 프랑스의 안느 드 조와이유스 제독의 모습으로 나타난 적도 있었다. 이 취미 또한 몇 년씩이나 그의 마음을 사로잡았으며, 그동안은 결코 그 취미에서 벗어난 적이 없었다. 불을 비추면 빨간색으로 변하는 크리소베릴, 철사 같은 은색 선이 인상적인 사이모페인, 황록색 빛의 감람석(橄欖石), 장미 같은 연분홍빛과 와인 같은 노란빛을 동시에 지닌 토파즈, 반짝이는 네 개의 별이 떨리듯 박힌 진홍빛의 루비, 마치 불타는 듯한 빨간색이 인상적인 에서나이트, 주황빛과 보랏빛이 조화를 이루는 스피넬, 루비와 사파이어가 교대로 층층이 자리를 잡은 자수정…… 그는 이처럼 자신이 수집한 여러 보석을 상자에 넣었다 빼기를 반복하며 정리하는 일로 종종 시간을 보냈다. 그는 선스톤이 지닌 붉은 황금빛과 문스톤이 지닌 새하얀 빛깔, 그리고 유백색의 오팔 안에 뿔뿔이 흩어져 있는 무지갯빛을 특히 좋아했다. 그는 암스테르담에서 너무나 크고 화려한 색채를 자랑하는 세 개의 에메랄드를 입수하기도 했고, 보석 감정가라면 누구나 가지고 싶어 할 유서 깊은 터키석도 보유하고 있었다.

이뿐만 아니라 그는 보석에 대한 다채로운 이야기들도 찾아 읽었다. 알폰소가 쓴 『성직자를 위한 지침서』에는 히아신스 석의 눈을 가진 뱀의 이야기가 있었고, 알렉산더 대왕의 영웅적 역사서에는 에마티아(그리스 신화에 나오는 마케돈, 테살리아, 파르살리아를 아울러 이르는 말)를 정복한 사람이 요르단 계곡에서 등에서 점차 에메랄드가 자란 뱀을 직접 보았다고 쓰여 있었다. 그리스의 철학자 필로스트라토스에 따르면, 뇌에 보석이 박혀 있는 용이 있었는데 이 괴물은 '황금색 글자와 주황색 옷을 보여 주면' 마법에 걸려 잠에 들었기에 그 사이에 용을 처치할 수 있었다고 한다. 더구나 저명한 연금술사 피에르 드 보니파세에 따르면, 다이아몬드는 사람을 보이지 않게 만들어 주며 인도산 마노석은 언변을 유창하게 하도록 도와준다고 한다. 또한 홍옥수(紅玉髓)는 사람의 분노를 가라앉게 해 주며, 히아신스 석은 잠에 빠지는 것을 도와준다고 한다. 또한 자수정은 술의 독기를 빼낼 수 있고, 가넷은 악귀를 물러나게 하고, 하이드로피쿠스는 달빛을 빼앗을 수 있으며, 투명한 석고는 달에 따라 크기가 커졌다 작아졌다를 반복하며, 도둑을 찾아내는 기질을 가진 멜로세우스는 오직 새끼 염소의 피에 따라 영향을 받는다고도 했다. 레오나르두스 카밀루스는 어느 날, 방금 사망한 두꺼비의 뇌에서 하얀 돌이 나온 것을 봤는데 그는 그 돌이 해독 기능을 가진 돌이라고도 여겼다고 한다. 또한 아라비아 사슴의 심장에서 발견된 돌은 페스트를 치료하는 부적 같은 것으로 활용되기도 했다. 고대 그리스의 철학자 데모크리토스에 따르면, 아라비아 새들의 둥지 안에 있는 아스필라테스를 지닌 사람은 절대 화마(火魔)를 당할 일이 없다고도 했다.

실론의 왕은 대관식 때 손에 큰 루비를 든 채 말을 타며 행진했다고 한다. 성자 요한의 왕궁 대문은 누구도 독약을 가지고 들어오지 못하게 하기 위해 홍옥수와 함께 뿔이 달린 뱀의 뿔을 박아 넣었다. 그 궁전의 박공(博栱)에는 '두 개의 루비가 박힌 황금빛 사과가 걸려 있어 낮에는 사과가 밤에는 루비가 빛에 반짝였다.'라는 내용이 쓰여 있었다. 영국의 극작가 토머스 로지가 쓴 『아메리카의 마가라이트』에 따르면, 여왕의 침실에서는 종종 '세상의 정숙한 부인들이 크리솔라이트, 루비, 사파이어, 녹색 빛의 에메랄드로 이루어진 거울을 들여 다보는 모습이 은으로 돋을새김된 채 장식되어 있다.'라는 묘사가 나온다. 마르코 폴로는 몇몇 일본인들이 망자의 입에 장밋빛 진주를 집어넣는 모습을 보았다고도 기록해 놓았다. 또 어느 바다 괴물이 아끼던 진주를 어떤 잠수부가 훔쳐 페로제스 왕에게 바치자, 괴물은 그 잠수부를 죽이고는 무려 일곱 달 동안이나 그 진주를 뺏긴 것에 대해 비탄에 젖었다는 내용도 있었다. 그런데 비잔티움 제국의 황제였던 프로코피우스에 따르면, 훈족(중앙아시아의 초원에 살던 유목 민족)이 페로제스 왕을 유인해 함정에 빠뜨리자 왕은 그 진주를 던져 버렸고, 아나스타시우스 황제는 그 진주를 찾기 위해 순금 500근을 포상으로 내걸었지만 결국 그 진주는 찾을 수 없었다고 한다. 또한 인도 말라바르의 왕은 어느 베네치아 사람에게 304개의 진주로 된 묵주를 보여 주었다고 하는데, 그 진주의 알하나하나에는 자신이 숭배하는 신을 표현했다고 말했다.

프랑스의 작가 브랑톰에 따르면, 알렉산더 6세의 아들인 발렌티누아 공작이 프랑스의 루이 12세를 방문하러 갔을 때, 말에는 황금으로 된 나뭇잎이 잔뜩 덮여 있었던 데다가 공작의 모자에는 아름다운 빛을 내뿜는 두 줄의 루비가 박혀 있었다고 한다. 영국의 찰스 왕은 무려 421개의 다이아몬드가 박힌 말등자를 타고 다녔다. 리처드 2세는 3만 마르크의 가치를 지닌 외투가 있었는데, 그것은 루비 스피넬로 뒤덮여 있었다고 한다. 또한 영국의 역사가 에드워드 홀에 따르면, 헨리 8

세는 대관식을 하기 위해 런던 탑으로 가는 길에 '금으로 돈을새김된 외투, 다이아몬드와 여러 귀금속으로 수를 놓은 휘장, 그리고 목에 큼직한 루비 스피넬로 장식이 돼 있는 깃을 단 복장'을 했다고 한다. 제임스 1세의 총애를 받는 신하들은 금으로 만든 에메랄드 귀걸이를 매고 다녔다. 에드워드 2세는 신하 피어스 가베스턴에게 히아신스 석이 촘촘히 박힌 순금 갑옷과 터키석이 박힌 장미 문양의 목걸이, 그리고 진주가 촘촘히 박힌 스컬캡(테두리가 없는 둥근 모양의 모자)을 선물했다고 한다. 헨리 2세는 보석으로 장식된 긴 장갑과 12개의 루비와 고급 진주 52개로 장식된 매 사냥용 장갑을 가지고 있었다. 또한 부르고뉴의 마지막 공작이라 불리는 '경솔한 샤를' 공작이 쓴 모자에는 배 모양의 진주와 여러 사파이어가 촘촘히 박혀 있었다고 한다.

옛 사람들의 삶은 얼마나 멋진 것인가! 그토록 화려한 장식들! 그들의 호화로웠던 삶을 글로 접하는 것만으로도 도리언은 그저 경이로운 마음이 들었다.

그 이후 도리언은 여러 자수품과 북유럽 지방의 냉랭한 방에서 벽화 구실을 했던 태피스트리에 관심을 가지게 되었다. 그는 어떤 주제이든 일단 관심을 가지게 되면 가공할 만한 몰입을 보였다. 또한 그런 주제들을 연구하면서 이토록 경이롭고 아름다운 것에도, 세월의 흐름으로 말미암은 파멸이 있다고 생각하니 서글픈 마음이 들기도 했다. 하지만 도리언은 적어도 그런 파멸을 피해 갈 수 있는 사람이었다. 몇 번의 여름이 지나가고 노란빛의 수선화가 몇 번씩이나 피고 지기를 반복했지만, 그의 외모는 조금도 변하지 않았다. 매서운 겨울이 찾아와도 그의 얼굴은 늙지 않았고, 그 특유의 꽃 같은 아름다움 또한 훼손되지 않았다. 하지만 세상의 모든 물질들은 그와는 정반대였다. 대체 그 물질들은 모두 어디로 떠나 버린 것인가? 아테나 여신을 위해 괴물들과 맞서 싸우던 신들의 모습이 수놓아진 자주색의 의복, 네로 황제가 로마의 콜로세움에 펼쳐놓았던 거대한 천막은 어디로 간 것인가?

밤하늘에 금박으로 된 고삐를 찬 하얀 말들이 끄는 마차를 모는 아폴로의 모습이 수놓아진 타이탄의 돛은 또 어디로 갔는가? 그는 아폴로가 연회를 벌일 때, 온갖 성찬을 표현했다는 식탁용 냅킨을 보고 싶은 마음이 간절했다. 또한 300마리의 황금색 벌이 수놓아졌다는 프랑스 실페릭 왕의 수의, '사자, 표범, 곰, 강아지, 숲, 석암, 사냥꾼' 등 화가가 자연에서 볼 수 있는 거의 모든 것을 그리는 바람에 폰토스 주교의 분노를 일으켰다는 환상적인 의복 또한 보고 싶었다. 샤를 오를레앙 공작이 입었다는 웃옷도 마찬가지였다. 그 웃옷의 양 소매에는 '부인, 나는 정말 기쁘답니다.'라는 말로 시작되는 노랫말과 악보가 금색 실로 수놓아졌으며, 당시 사각형이던 음표는 네 개의 진주로 표현해 놓았다고 한다. 부르고뉴의 조앙 왕비가 사용했다는 랭스 궁전의 방에 대한 소개 글에 따르면, 그 방은 '왕의 문장(紋章)을 자수로 뜬 앵무새 1,321마리와 왕비의 문장과 비슷하게 장식된 날개가 인상적인 나비 561마리가 모두 황금색으로 장식되어 있는' 방이었다. 프랑스 앙리 2세의 왕비인 카트린 드 메디시스는 초승달과 태양을 흩뿌려

놓은 것처럼 수놓아진 비단 침대가 있었다고 한다. 그 침대를 가리는 커튼은 능직(綾織)으로 만들어졌고 금색과 은색이 어우러진 바탕색에 나뭇잎 모양의 화관과 화환을 그린 뒤, 가장자리에는 진주를 박아 수를 놓은 술이 달려 있었다. 그녀의 침대에는 왕비 자신이 직접 고안한 문장—은색의 천에 검은색 비단을 잘라 덧붙인—이 줄지어 걸려 있었다고 한다. 또한 루이 14세의 방 안에는 금으로 수놓아진 4.5m 높이의 여인상을 기둥으로 사용한 형상이 있었다. 폴란드의 왕 소비에스키의 침대에는 코란의 몇몇 구절이 터키옥으로 수놓아진 이즈미르산 금빛 비단이 놓여 있었다. 침대의 지지대는 아름다운 은박으로 돋을새김했고, 에나멜페인트로 광택을 내고는 보석으로 장식한 큰 메달이 수없이 붙어 있었다. 이 침대는 소비에스키가 빈을 습격하기 전쯤 터키군 주둔지에서 빼앗은 것이었는데, 원래는 침대 덮개 아래쪽에 있는 장식이 있는 곳에 마호멘트의 군 휘장이 세워져 있었다고 한다.

또한 도리언은 꼬박 1년을 투자해 자신이 찾을 수 있는 가장 훌륭한 직물이나 자수품을 공수했다. 손바닥 모양의 나뭇잎들이 금색 실로 정교하게 수놓아진 뒤, 그 위에 무지갯빛의 딱정벌레 날개를 손수 바느질했다는 인도 델리의 우아한 모슬린, 특유의 투명한 모습 때문에 동양에서 '공기로 수놓은 천', '흐르고 있는 물', '저녁 이슬' 등으로 알려졌다는 방글라데시 다카의 거즈, 오묘한 문양이 인상적인 인도네시아 자와의 직물, 섬세하게 수놓아진 노란빛의 중국 벽걸이 천, 황갈색 빛의 공단 혹은 투명한 푸른색의 실크로 겉을 꾸민 뒤, 그 위에 백합 모양의 문장과 새를 포함한 다양한 그림을 수놓은 책들, 헝가리산 바늘로 뜬 레이스 베일, 시칠리아에서 만든 비단과 빳빳한 상태가 인상적인 스페인의 비단, 금박을 입힌 동전이 사용된 조지 왕조 시대의 자수품, 초록빛을 머금은 금색에 환상적인 깃털을 지닌 새가 수놓아진 일본의 보자기 등을 도리언은 손에 넣었다.

교회의 예배에 전반적으로 관심이 많았던 그는 성직자의 제식용 의복에 많은 관심을 쏟기도 했다. 도리언의 저택 서쪽에 있는 기다란 삼나무 옷장에는 '그리스도의 신부(新婦)'가 입을 옷이라고도 할 정도의 너무나 아름다운 옷이 줄지어 보관돼 있었다. '신부'는 스스로 나선 고행의 길과 자신의 몸에 가득한 고난의 상처로 쇠약해진 육신을 감추기 위해서라도, 보석으로 장식되고 섬세한 자줏빛이 인상적인 리넨 옷을 입어야만 했다. 그는 15세기 이탈리아의 길고 화려한 사제복도 가지고 있었다. 그것은 6개의 일정한 모양을 지닌 꽃과 황금색 석류 무늬가 줄지어 반복되고, 그 뒤로 양쪽에 자그마한 진주알로 파인애플 무늬가 진홍빛과 금빛 실로 수놓아져 있던 것이었다. 성모 마리아의 생애를 표현한 장면이 수놓아져 있는 성직자의 제복에 두르는 띠와 성모 마리아의 대관식 장면이 수놓아져 있는 형형색색의 실크 두건은 세트로 놓여 있었다. 녹색 비단으로 만들어진 어떤 사제복은 하얗고 줄기가 긴 꽃들이 뻗어 있는 아칸서스 잎으로 하트 모양을 만들어 은색 실과 각양각색의 실로 정교하게 수놓아져 있었다. 사제복에 달린 보석 단추에는 금실이 도드라지게 수놓아진 천사의 얼굴을 볼 수 있었다. 이 옷에 두르는 띠는 성 세바스찬을 비롯한 수많은 성인과 순교자의 초상화가 원 모양으로 돋을새김되어 있었고, 붉은색과 금색 비단이 마름모 모양으로 놓여 있었다. 또한 호박색, 파란색, 노란색의 실크, 금색 비단과 그것으로 만든 의복도 있었다. 그 위에는 그리스도가 고난 끝에 십자가에 못 박힌 모습과 사자와 공작을 비롯한 여러 상징적 존재들이 수놓아져 있었다. 흰색 공단과 분홍색 비단으로 튤립, 돌고래, 백합 모양의 문장이 장식된 예복, 진홍빛의 벨벳과 파란빛의 리넨으로 만든 제단의 장식 천, 미사에 쓰이는 성체포(聖體布)와 성배(聖杯)의 덮개, 그리고 성녀 베로니카가 쓴 손수건도 도리언은 많이 보유하고 있었다. 이러한 용품들이 쓰이는 신비한 의식은 도리언의 상상력을 자극시키는 무언가가 있었다.

그가 이러한 보물─여러 직물과 자수품─을 자신의 집에 공수했던 이유는 그에게 이것들이 현실을 망각할 수 있는 매개가 되었기 때문이다. 이런 보물들에 대한 열정은 때때로 그가 감내하기 어려운 현실적인 두려움을 잊거나 회피할 수 있는 수단이 되었다. 그가 유년 시절의 대부분을 보냈던 고독한 방, 지금은 잠겨 있는 그 방 안에 도리언은 직접 끔찍한 초상화─점점 변하는 초상화의 얼굴이 실제 삶의 타락을 보여주는─를 세우고 진홍색과 금색의 장막을 쳐놓은 것이다. 그이후 도리언은 몇 주 동안 그 방에 들어가지 않고 그토록 소름 돋는 초상화의 존재를 잊어버린 채 어느 정도 가벼워진 마음과 황홀한 기쁨을 되찾아 다시 삶의 열정을 찾으려 했다.

그러던 어느 날 밤, 도리언은 불현듯 집을 빠져나와 블루게이트 필즈(런던에서 가장 악명 높은 빈민가)를 돌아다니며 그곳에서 쫓겨날 때까지 며칠을 머물기도 했다. 그러다가 또다시 집에 돌아와 그 끔찍한 초상화 앞에 앉고는, 그림과 자기 자신을 동시에 혐오하는 감정에 빠졌다. 하지만 이기적인 마음이 이끄는 죄악의 황홀감으로 가득 차 자신의 짐을 대신 짊어진 초상화를 바라보며 은밀한 쾌감에 빠져들 때가 더 많았다.

그렇게 몇 년이 지나자, 도리언은 더 이상 자신이 살고 있는 영국을 오랫동안 떠나 있는 것이 힘듦을 깨달았다. 이제 자기 삶의 떼려야 뗄 수 없는 부분이 된 초상화가 떨어지는 것도 싫기는 했지만, 무엇보다 자신이 방문에 세워 놓은 빗장을 누군가 몰래 없애고 들어갈지도 모른다는 두려움이 앞섰기 때문이다. 그래서 그는 헨리 경과 함께 쓰던 프랑스의 휴양지 트루빌의 빌라와 그들이 여러 차례 겨울을 보낸 알제리의 알제 성벽 안에 있는 하얀 집도 포기해야만 했다. 하지만 설령 누군가 초상화를 본다고 해서 알아낼 것이 전혀 없다는 사실 또한 잘 알고 있었다. 물론 추하고 역겨운 초상화의 얼굴이 그의 실제 얼굴과 아직까지도 어느 정도 닮은 면이 있기는 하지만, 그렇다고 그 초상화를 마주하는 사람들이 눈치챌 만한 것은 없었다. 그는 만약 자신을 조롱하려 하는 사람이 있다면, 오히려 그를 마음껏 비웃어 줄 것이었다. 설령 사람들에게 이 사실을 털어놓는다고 하더라도 그 말을 누가 믿겠는가?

하지만 그는 두려웠다. 도리언은 종종 노팅엄셔 주에 있는 자신의 대저택에서 자신과 비슷한 수준의 사교계 청년들을 대접하다가도 갑자기 호화롭고 사치스러운 생활로 주변 사람들을 깜짝 놀라게 하더니, 어느 날 그는 자신을 찾아온 손님들을 내버려 둔 채 서둘러 런던의 집으로 돌아와 초상화가 여전히 잘 있는지 확인하기 일쑤였다. 초상화를 누군가 훔쳐 갈지도 모른다는 생각에 등골이 오싹해지기도 했다. 그렇게 된다면 분명 세상 사람들은 자신의 비밀을 알게 될 것이다. 아니, 어쩌면 벌써 세상 사람들이 자신의 비밀을 눈치챘을지도 모르는 일이다. 분명 그는 많은 사람을 매혹시켰지만, 여전히 그를 신뢰하지 않는 사람도 다수 있었기 때문이다.

도리언은 출신 지역과 사회적 지위로 볼 때 웨스트엔드의 어느 클럽 회원으로 입회할 자격이 충분했는데도 그곳에서 하마터면 제명당할 뻔한 적이 있었다. 언젠가 친구의 손에 이끌려 처칠 클럽의 흡연실에 들어갔을 때, 베릭 공작과 어떤 신사 한 명이 노골적으로 불쾌감을 드러내면서 나간 적도 있었다. 도리언이 25세가 된 이후에는 그에 대한 여러 풍문이 떠돌기 시작했다. 런던의 빈민가인 화이트채플에 있는 어느 소굴에서 그가 외국 선원들과 한바탕 싸움을 벌이는 모습을 목격했다거나, 화폐 위조범이나 도둑들의 돈벌이 방법을 속속들이 알 정도로 그들과 두터운 친분을 쌓았다는 소문이 돈 것이다. 그가 너무나 자주 오랫동안 집을 비우는 것에 대해 나쁜 소문이 돌자, 그가 다시 사교계에 모습을 드러낼 때면 사람들은 저마다 그를 보고 귓속말을 하거나 비웃거나 혹은 그의 비밀을 알아내려는 듯 날카로운 눈초리로 그를 바라보았다.

물론 그처럼 의도적인 멸시와 무례에 대해 도리언은 조금도 개의치 않았다. 여전히 대부분 사람은 그의 솔직하고 예의 바른 언행과 매혹적이며 순진무구한 미소, 그리고 그에게 영원히 깃들어 있을 것만 같은 젊음과 우아함을 매력적으로 느끼고 있었기 때문이다. 하지만 얼마 후에는 그와 각별히 지냈던 몇몇 사람조차 그를 멀리하기 시작했다. 그를 열광적으로 흠모하고 그의 사랑을 받을 수 있다면 어떠한 도덕적 비난도 감수할 것만 같았던 여인들도 혐오스러운 감정으로 그를 바라보는 경우가 잦아졌다.

하지만 이처럼 수없이 떠도는 소문들은 오히려 도리언이 지닌 오묘하고 위태로운 매력을 한층 더 돋보이게 해 주었다. 또한 그의 부유한 재산이 그를 보호해 주는 요소로 작용하기도 했다. 일반적인 사회, 적어도 문명사회에서는 부자인 데다가 매력적인 사람에게 해를 끼칠 만한 사실을 쉽게 믿으려 하지 않는 법이다. 그런 사회는 본능적으로 단순한 도덕보다 상황에 따른 마음가짐이 더 중요하다고 여기며, 고귀한 인격보다 훌륭한 요리사를 고용하는 것이 훨씬 더 가치 있다고 보는 것이다. 결국 변변찮은 식사와 싸구려 와인을 대접한 사람에게 '그래도 그 사람이 사생활에서는 흠잡을 만한 데가 없는 사람이지.' 같은 말을 하는 것은 너무나 어설픈 위로인 셈이다. 언젠가 그는 이런 주제로 헨리 경과 토론한 적이 있었는데, 그가 말하던 '인간의 기본적인 도덕은 반쯤 식은 앙트레(서양식에서 생선 요리와 고기 요리 사이에 나오는 요리)만 못하다.'

라는 견해에 도리언은 수긍할 수밖에 없었다.

좋은 사회의 규범은 결국 예술의 규범과 같거나 같아야만 한다. 형식은 규범을 이루기 위해 반드시 필요한 요소다. 또한 형식은 비현실성뿐만 아니라 현실적인 위엄도 지녀야 하고, 낭만주의 연극이 지닌 가식적 특성과 동시에 그러한 연극을 보며 즐거움을 느낄 수 있는 아름다움도 두루 가져야 한다. 그런데 가식이 끔찍하다고 말할 수 있는가? 아니다. 가식은 그저 우리 각자의 개성을 더욱더 도드라지게 하는 방법 중 하나일 뿐이다.

도리언 그레이의 생각은 그러했다. 그는 종종 보통 사람들이 지닌 얄팍한 견해―인간의 자아는 간단하고, 영원하며, 신뢰할 수 있는 단 하나의 본질을 지닌다―를 듣고 너무나 놀라워하곤 했다. 도리언에게 인간이란 수많은 삶과 감각을 지닌 존재이며, 각자의 내면에는 여러 사상과 열정의 유산이 담겨 있지만, 그 육신은 망자들이 지닌 기괴한 질병을 품고 있는, 그야말로 복잡다단한 존재였다. 그는 쓸쓸한 시골 저택의 써늘한 기운이 감도는 화랑을 거닐며 자신에게 피를 물려준 조상들의 초상화를 살펴보는 것을 종종 즐기기도 했다. 그중에는 프란시스 오스본이 자신의 저서 『엘리자베스 여왕과 제임스 왕 시대의 치세(治世)에 대한 회고록』에서 '준수한 외모로 왕실의 총애를 받았지만, 그 미모는 오래 가지 못했다.'라고 쓴 필립 허버트의 초상화도 있었다. 때때로 그는 자신이 누리는 삶이 젊은 허버트의 발자취를 따라가는 것은 아니었을까 여기기도 했다. 혹시 어느 망자에서 기어 나온 병균이 사람들의 몸을 옮겨 다니다 자신에게 침투한 것은 아닐까? 자신이 바질의 화실에서 아무 생각 없이 했던 기도는 혹시 그의 치명적인 영향에서 비롯된 것은 아닐까? 그래서 자신의 인생이 한순간에 바뀌게 된 것은 아닐까? 또한 그 화랑에는 앤서니 셰라드 경의 초상화도 있었다. 그는 금실로 수놓은 붉은 더블릿(과거 유럽에서 남성들이 입던 몸에 꽉 끼는 윗옷)에 보석이 박힌 외투를 입고, 주름의 옷깃과 소맷부리에 금테를 두르고 있었다. 그의 발치에는 은색 갑옷 한 벌, 그리고 검정색 갑옷 한 벌이 포개진 상태로 놓여 있었다. 이 사람으로부터 자신이 물려받은 유산은 무엇일까? 나폴리 왕국 조반나 여왕의 연인이었던 그는 도리언에게 유산으로 죄악과 치욕을 주고 간 것은 아닐까? 혹시 자신의 행동은 과거의 망자가 실현하지 못했던 꿈을 대신 이루어 주는 것에 불과하지 않을까?

그 옆에는 빛바랜 캔버스 사이로 엘리자베스 데버루 부인이 미소를 보이고 있었다. 그녀는 거즈로 만든 두건을 쓰고, 진주로 장식된 가슴을 받치는 도구를 입은 채 소매를 살짝 풀어 놓은 분홍색 옷을 입고 있었다. 그녀는 오른손에는 한 송이의 꽃, 왼손에는 흰색과 연분홍색의 장미 모양으로 장식되고 에나멜페인트로 덧칠한 목걸이를 쥐고 있었다. 그녀 옆에 있는 테이블에는 만돌린(강철로 만든 네 개의 현으로 연주하는 서양 악기)과 사과가 놓여 있었고, 뾰족한 끝을 지닌 자그마한 구두에는 큰 초록색 장미 모양의 리본이 매달려 있었다. 도리언은 그녀의 일생, 그리고 그녀의 애인들에 대한 여러 소문에 대해서 들은 적이 있었다. 혹시 그녀의 독특한 기질을 자신이 물려받은 것은 아닐까? 그녀의 두꺼운 타원 모양의 눈꺼풀이 마치 호기심에 어린 표정으로 자신을 바라보는 듯했다. 아아, 얼굴에 두드러진 반점이 나고 머리에 분을 바른 조지 윌러비는 어쩜 이리도 사악하게 생긴 것인가! 그의 꺼무튀튀한 얼굴은 너무나 음침해 보였고, 두툼하기만 한 입술은 마치 경멸의 감정으로 일그러진 듯했다. 섬세한 레이스의 주름 장식은 과도하게 많은 반지를 낀 누런 손 위로 흘러내려져 있었다. 그는 18세기 유럽의 풍속에 영향을 받은 멋쟁이였으며, 젊은 시절에는 페라스 경의 친구이기도 했다. 또 조지 4세가 황태자 시절 한창 방탕을 일삼던 때의 친구였으며, 왕자가 피츠허버트 부인과 비밀 결혼을 했을 때 증인 중 한 명으로 참석하기도 한 베케넘 2세는 어떠한가? 밤색 곱슬머리에 거만한 자세를 보이던 그는 얼마나 준수하고 당당했던가! 그는 자신에게 어떤 열정들을 물려준 것인가? 세상 사람들은 그를 염치없는 뻔뻔한 사람으로 보았다. 그는 칼튼 하우스에서 광란의 연회를 벌인 적이 있었기 때문이다. 하지만 그의 가슴에는 가터 훈장(영국의 최고 훈장)이 반짝이고 있었다. 그 옆에는 하얀 얼굴을 하고 검은 옷차림에 입술이 얇은 그의 아내 모습이 걸려 있었다. 그녀의 피 또한 도리언의 몸속에서 꿈틀거리고 있을 것이었다. 이 얼마나 야릇하고 기이한 일인가!

스코틀랜드의 외교관인 해밀턴 경의 아내를 닮은 외모에 마치 포도주에 적신 것처럼 촉촉한 입술을 지닌 그의 어머니 모습도 보였다. 도리언은 자신이 어머니에게서 아름다운 외모, 그리고 다른 이들의 미모에 대한 열정을 물려받았다는 것을 잘 알고 있었다. 어머니는 바쿠스 신의 여성 사제가 입는 헐렁한 옷을 입고 그를 바라보며 희미하게 미소를 보이고 있었다. 머리에는 포도나무 잎으로 만든 장식이 있었고, 그녀가 든 잔에는 진홍빛 포도주의 모습이 엿보였다. 그림 속의 카네이션은 빛이 바랬지만, 그녀의 눈동자 색만큼은 경이로울 정도로 또렷하고 깊게 빛났다. 마치 그가 어느 곳으로 향하든 그녀가 자신을 쫓아올 것만 같았다.

하지만 인간은 이러한 혈통뿐만 아니라 문학 속에서도 자신의 조상을 찾기 마련이다. 기질과 유형적인 면에서 자신과 아주 흡사한 인물들, 다시 말해 자신에게 많은 영향을 끼쳤다고 생각되는 인물이 존재하는 것이다. 가끔 도리언은 어쩌면 모든 역사가 자신의 삶을 기록한 것일지도 모른다는 생각을 하기도 했다. 실제로 그가 과거의 삶을 산 것은 아니지만, 자신의 상상력으로 역사를 창조했고 또한 그의 정신이 만들어 낸 열정 속에서 이루어 낸 삶의 자취가 곧 역사일 것이라고 생각한 것이다. 그는 이제 역사 속의 모든 사람들―광활한 세계에서 죄를 너무나 경이로운 것으로 만들고 악을 신비한 존재로 바꾸는 무시무시하고 기이한 인물들―을 왠지 예전부터 잘 알고 있던 것만 같은 기분이 들었다. 왠지 그들의 삶이 곧 자신의 삶인 것만 같았다.

그의 인생에 지대한 영향을 주었던 그 놀라운 소설의 주인공 또한 도리언이 품었던 것과 마찬가지의 기묘한 상상에 빠져 있었다. 소설의 7장에서 주인공의 주위로 난쟁이들과 공작새들이 각자 자신을 뽐내며 돌아다니고 피리 부는 사나이가 향로를 흔드는 사람을 조롱하려 할 때, 주인공은 벼락을 맞지 않기 위해 월계관을 쓴 채 티베리우스(로마 제국의 2대 황제)처럼 카프리섬의 정원에서 엘레판티스(그리스의 여성 시인. 성생활 지침서를 씀)가 쓴 외설적 도서들을 읽었다는 이야기를 전한다. 또한 그는 칼리굴라(로마 제국의 3대 황제)처럼 초록색 윗옷을 입은 여러 기수(騎手)와 마구간에서 술을 퍼마시기도 하고, 보석으로 이마를 장식한 말 한 마리와 여물통에서 저녁을 먹기도 했다. 어떤 때에 그는 도미티아누스(로마 제국의 11대 황제)처럼 삶에서 못 해낼 것이 없었던 사람에게 어느 날 불현듯 찾아오는 끔찍한 권태로움을 느꼈다. 그래서 혹시 자신의 생애를 단칼에 끝내 버릴 수 있는 단검이 거울에 비치기를 바라며, 광기 어린 눈빛으로 대리석 거울이 빼곡히 늘어선 복도를 배회하기도 했다. 또한 네로(로마 제국의 5대 황제)처럼 투명한 에메랄드를 이용해 원형 경기장에서 펼쳐지는 유혈이 낭자한 싸움을 엿보았고, 은색 편자가 박힌 노새들이 끄는 진주색과 자주색의 가마에 실려 석류나무 거리를 지나 황금 궁전으로 향하며 사람들이 자신의 이름을 열렬히 부르짖는 소리를 듣기도 했다. 또 엘레가발루스(로마 제국의 23대 황제)의 얼굴에 형형색색의 분을 바르고 여인들 틈에 끼어 물레를 돌리기도 하고, 어떻게 카르타고(고대 페니키아인이 튀니지에 세운 도시)에서 타니트(달의 여신이라 불리는 카르타고 최고의 신)를 데려와 태양신과 결혼하게 했는지 같은 내용을 들려주고 있었다.

도리언은 이런 환상적인 내용이 담긴 7장뿐만 아니라, 이후에 이어지는 두 개의 장을 몇 번씩이나 반복해서 읽었다. 그 두 개의 장은 마치 진귀한 태피스트리나 섬세한 에나멜 세공품들처럼 피와 악덕 혹은 힘듦으로 말미암아 괴물처럼 변해 버린 사람들의 끔찍하거나 아름다운 모습들이 그려져 있었다. 밀라노의 공작인 필리포는 자신의 아내를 살해하고, 아내의 입술에 주홍색 독을 발라 아내의 연인이 시체를 끌어안고 입을 맞출 때 함께 죽음을 맞이할 계략을 짰다. 베네치아 출신 피에트로 바르보는 허영된 마음 때문에 포르모소 교황의 자리를 탐하려 했는데, 결국 끔찍한 죄악을 저지르고 나서야 20만 플로린의 가치로 평가받는 교황 바오로 2세의 자리에 오르게 되었다. 밀라노의 공작인 잔 마리아 비스콘티는 사냥개를 풀어 어떤 사람을 죽였는데, 나중에는 그 또한 살해를 당하게 되었다. 그때 그를 사랑했던 어느 매춘부가 시체를 장미로 덮어 주었다고 한다. 체자레 보르자(교황 알렉산데르 6세의 사생아. 이후 교황의 총애를 받던 페로토를 죽임)는 자신의 형제를 죽인 살인범과 백마를 탄 채 페로토의 피로 얼룩진 망토를 썼다. 교황 식스투스 4세가 총애하던 아들이자 이탈리아 출신의 젊은 추기경인 피에트로 리아리오는 준수한 외모만큼이나 방탕함을 일삼았다. 그는 님프(그리스 신화에 나오는 아름다운 요정)와 켄타우로스(그리스 신화에 나오는 반인반수)로 분장한 사람들로 가득 차고, 흰색과 진홍색 비단으로 이루어진 큰 천막에서 아라곤 왕국의 레오노라를 맞아들였다고 한다. 게다가 그는 자신에게 시중을 드는 소년을 가니메데스(그리스 신화에 나오는 허벅지가 튼실한 소년)나 힐라스(그리스 신화에 나오는, 헤라클레스의 사랑을 받던 소년)로 분장시키기도 했다. 폭군으로 불리던 에첼린은 다른 이들이 붉은 포도주에 열광하는 것처럼 붉은 피에 너무나 열광했다. 심지어는 유혈이 낭자한 광경을 보아야 우울한 마음을 가라앉힐 수 있을 정도였다. 악마의 아들로도 불리던 그는 아버지와 각자의 영혼을 걸고 주사위 도박을 할 때 주사위에 속임수를 썼다고도 한다. 지오반니 바티스타 치보(교황 인노첸시오 8세. 추기경인 지울리아노 델라 로베레의 영향에서 벗어나지 못했다고 전해짐)는 모두의 조롱 끝에 교황직에 오르게 되지만, 혈액 순환이 원활히 되지 못하자 어느 유대인 의사의 도움으로 어린 소년의 피를 수혈받다가 사망했다고 한다. 리미니의 영주인 시지스몬도 판돌포 말라테스타(이탈리아의 귀족. 자신의 하녀였던 이소타와 세 번째 결혼을 한 것으로 알려짐)는 첫 번째 부인인 지네브라를 독살했고, 두 번째 부인인 폴리세나를 냅킨으로 목을 졸라 살해했다. 또한 자신의 추잡스러운 열정에 이끌려 이단 교회를 세우기도 했는데, 이 때문에 로마에서는 그를 신과 인간의 적대자로 여겨 형상을 불태우기도 했다. 프랑스의 국왕인 샤를 6세는 자신의 형수를 열렬히 사모했던 나머지 어느 나병 환자가 예견했던 대로 뇌에 병이 생겨 점점 이상 행동을 보였는데, 오로지 사랑과 죽음, 그리고 광기의 모습이 그려진 사라센 카드로만 마음을 달랠 수 있었다고 한다. 또한 보석이 박힌 모자와 아칸서스 잎 모양의 곱슬머리가 인상적인 이탈리아의 귀족 그리포네토 발리오니는 자신의 동료인 아스토레와 그의 신부 그리고 또 다른 동료인 시모네토와 그의 시종을 살해했지만, 그의 외모가 얼마나 아름다웠던지 그가 노란빛의 페루자 광장에서 죽음을 맞이할 때 그를 증오하던 사람들마저 울음을 터뜨렸고, 심지어는 그를 심히 저주하던 아탈란타도 명복을 빌어 주었다고 한다.

이들 모두는 섬뜩한 매력을 지닌 인물들이었다. 도리언은 밤이 되면 이들을 글로 마주했고, 낮이 되면 이들이 선사하는 상상 속에서 괴로워하기 일쑤였다. 르네상스 시대의 사람들은 저마다 기묘한 형태의 중독을 앓고 있었다. 투구나 불이 붙은 횃불, 수를 놓은 장갑이나 보석으로 장식된 부채, 금박이 입혀진 포맨더(향이 나는 말린 꽃이나 잎 따위를 넣어 두는 통)나 호박 모양의 목걸이에 중독되기도 하는 것이었다. 이처럼 도레이는 한 권의 책에 중독되어 쉽사리 빠져나오지 못하고 있었다. 그때 도리언에게 악은 단지 아름다움에 대한 자신의 생각을 표출할 수 있는 하나의 방식에 불과했다.

12

그날은 11월 9일, 도리언이 훗날 가끔 떠올리고는 했던 38
번째 생일 전날이었다. 그는 헨리 경의 집에서 저녁 식사를
하고 11시경 자신의 집으로 돌아가고 있었다. 그 길은 너무나
춥거니와 자욱한 안개가 끼어 두꺼운 모피로 온몸을 감싸야
만 했다. 그로스브너 광장과 사우스 오들리 가 사이에 도착했
을 때, 그는 안개 사이로 가방을 든 한 남자가 얼스터 지방의
회색 모직 코트를 입고 옷깃을 세운 채 빠른 걸음으로 그를
지나가는 모습을 보았다. 도리언은 이내 그가 바질이라는 것
을 알게 되었다. 불현듯 그에게 쉽사리 묘사할 수 없는 공포
가 다가왔다. 그는 바질을 보지 못한 척 다시 집을 향해 걸어
갔다. 하지만 바질도 도리언의 존재를 알아챘고, 이내 도리언
은 바질이 서둘러 자신을 쫓아오는 소리를 들었다. 이윽고 바
질은 도리언을 따라잡아 그의 팔을 붙잡으며 말했다.

"도리언! 아, 정말 다행이네! 난 9시부터 자네 서재에서 자

네가 오기를 기다리고 있었네. 하지만 나를 응대하던 하인이 너무나 지친 기색이 역력해 보여 그만 자리를 나오고 말았지. 나는 오늘 밤 자정에 열차를 타고 파리로 떠나야 되네. 그래서 그 전에 꼭 자네를 한번 보고 싶었지. 조금 전, 자네가 내 곁을 스치는 순간 나는 혹시 자네의 모피 코트이지 않을까 생각하기도 했었네. 자네는 나를 알아보지 못한 건가?"

"바질, 어떻게 이런 자욱한 안개 속에서 알아볼 수 있겠어요. 저는 여기가 그로스브너 광장인 줄도 몰랐는걸요. 심지어 제 집도 이 근처에 있다는 것만 어렴풋이 알 뿐이지 정확한 위치는 알 수 없을 정도였으니까요. 그나저나 정말 오랜만에 만났는데, 만나자마자 먼 곳으로 가신다니 유감이네요. 하지만 곧 돌아오시겠지요?"

"아니네. 한 6개월 정도 떠나 있을 예정이네. 파리에서 화실을 하나 구해서 내가 머릿속에 담아 두고 있는 위대한 그림을 완성할 때까지 쭉 그 방 안에 틀어 박혀 있을 것이네. 하지만 내가 자네를 찾았던 이유는 단순히 내 이야기를 하고 싶어서가 아니네. 아, 어느새 자네 집 앞까지 왔군. 잠시 이야기를 좀 나누지. 잠깐 안에 들어가도 되겠나?"

도리언은 계단을 올라가 현관 열쇠로 문을 열며 심드렁하게 말했다.

"물론이지요. 그런데 혹시 이러다 열차를 놓치시는 건 아닌가요?"

흐릿한 안개 사이로 램프의 불빛이 희미하게 모습을 비췄고, 바질은 그 불빛으로 시계를 보며 말했다.

"아직 여유는 있네. 지금은 11시쯤이고 기차는 12시 15분은 되어야 떠날 테니. 실은 조금 전 자네를 만났을 때, 나는 자네를 찾으러 클럽으로 가던 중이었네. 자네도 알겠지만, 나는 이미 무거운 짐은 모두 파리로 보내 버렸기 때문에 더 이상 시간이 지체될 염려도 없지. 짐은 내가 든 이 가방이 전부일세. 빅토리아 역까지는 20분 정도면 충분하겠지."

"하하, 아니 유명하신 화가가 먼 곳으로 여행을 가시는데 달랑 글래드스턴(가운데에서 양쪽으로 열 수 있게 만들어진 작은 상자 모양의 여행 가방) 하나와 얼스터 코트 한 벌뿐이라니요. 얼른 들어오세요. 그렇지 않으면 안개가 이 집까지 들어올 것만 같네요. 하지만 너무 심각한 이야기는 하지 않으셨으면 좋겠어요. 요즘은 심각한 일이 없으니까요. 아니, 우리는 심각할 필요조차 없겠지요."

바질은 그 말에 고개를 갸웃하고는 집 안으로 들어와 그와 함께 도리언의 서재로 향했다. 큼직한 벽난로에서는 장작불이 훨훨 타오르고 있었다. 램프에는 불이 켜져 있었고, 상감(象嵌) 기법으로 만들어진 작은 테이블 위에는 뚜껑이 열린 네덜란드산 은빛 술 상자, 여러 탄산수 병, 그리고 커다란 유리잔이 놓여 있었다.

"도리언, 자네 하인은 아주 사려 깊게 나를 대해 주었네. 금빛 물부리가 달린 최상급 담배도 주고, 내가 원하는 것은 무엇이든 해 주려 하더군. 정말 좋은 사람 같아 보였네. 전에 있었던 프랑스 사람보다 훨씬 나아 보였지. 그런데 전에 있던 그 하인은 어디로 간 건가?"

"그 사람은 래들리 부인의 하녀와 결혼하더니, 파리로 가서 그곳에 아내와 영국식 양장점을 차린 모양이에요. 요즘 파리에 영국 풍속이 유행이라던데, 어쩜 프랑스 사람들은 그리 아둔한지 모르겠어요. 뭐 사람들은 종종 너무나 터무니없는 일을 상상하는 법이니까요. 아무튼 나쁜 하인은 아니었지요. 제가 마음에 들어 하지는 않았어도, 크게 불편하지는 않았으니까요. 그는 제게 너무나 헌신적이었고, 떠나게 될 때는 무척 아쉬워하는 듯했어요. 도리언, 탄산수를 탄 브랜디를 한 잔 드셔 보시겠어요? 아니면 셀처 워터(독일에서 용출되는 천연 광천수)를 넣은 라인 지방의 백포도주는 어때요? 저는 그 백포도주를 즐겨 마시거든요. 옆방에 좀 있을 거예요."

바질은 모자와 외투를 벗어 구석에 두었던 글래드스턴에 얹어 놓고는 말했다.

"이제 그만 마셔야겠네. 도리언, 이제는 자네에게 진지하게 물어야겠네. 아아, 그렇게 얼굴을 찡그리지 말아 주게. 내가 말을 꺼내기 더욱 어려워지니 말이네."

도리언은 소파에 털썩 앉고는 특유의 조급한 목소리로 외쳤다.

"대체 어떤 말을 하시려는 건가요? 제 이야기는 아니었으면 좋겠는데요. 오늘 밤은 제 자신이 너무나 지겨울 지경이니까요. 아예 다른 사람이 되었으면 좋겠다는 생각도 들어요."

"자네에 대한 이야기네. 하지만 꼭 해야 할 이야기지. 그러니 30분 정도만 시간을 내 주게." 바질은 나지막한 목소리로 말했고, 도리언은 한숨을 쉰 채 담배에 불을 붙이며 중얼거렸다.

"아아, 30분씩이나요?"

"도리언, 그 정도면 무리한 부탁은 아닐 거라고 믿네. 그리고 이 말은 모두 자네를 위해서 해 주는 이야기네. 자네에 대한 악의적 소문들이 런던에 퍼지고 있다는 것을 자네도 꼭 알아야 할 것 같아서 말이지."

"그런 소문들에는 전혀 관심 없어요. 저는 다른 사람들의 풍문에는 관심이 있어도, 저에 대한 풍문은 조금도 알고 싶지 않아요. 뭐랄까, 신선한 매력이랄 게 없잖아요."

"도리언, 하지만 그런 것도 관심을 가져야 되네. 자고로 모든 신사는 자신의 평판에 대해 관심을 가져야 하는 법이지. 자네도 주변 사람들이 자네를 저급한 인물로 평하는 걸 바라지 않을 걸세. 물론 자네는 부와 지위 같은 것들은 충분히 갖추고 있지만, 그것만이 전부는 아니니까 말이지. 그러니 잘들어 주게. 물론 나도 그 소문들을 절대 믿지 않네. 일단 자네를 마주하게 된다면 그런 말들은 좀처럼 믿을 수 없게 되지. 죄악은 인간의 얼굴에 그 모습을 드러내는 법이니 전혀 감출수 없게 되네. 간혹 어떤 이들은 쉽게 드러나지 않는 은밀한 죄악에 대해 말하곤 하지만, 내가 볼 때 그런 것은 없네. 만약 어떤 옹졸한 인간이 죄악을 저지른다면, 그의 입술 윤곽선이나 눈꺼풀, 손 모양 같은 데서 그것이 저절로 드러나게 될 테지. 작년쯤 자네도 아는 어떤 사람이 나에게로 찾아와 자신의 초상화를 그려 달라고 부탁한 적이 있었네. 나는 그 사람에 관해 들어 본 적도 없고, 만난 적도 없었지. 물론 그 이후에는 많은 소문을 들었지만 말이네. 어쨌든 그는 내게 거액의 비용을 제시했지만, 나는 그의 손 생김새를 보고 거절했었네. 나는 그때의 판단이 너무나 옳았다는 것 또한 알고 있지. 지금 그의 삶은 너무나 끔찍해졌으니 말이네. 하지만 자네의 순진무구하고 천진난만한 얼굴에는 화평한 청춘이 깃들어 있지. 그러니 자네를 보고 있노라면 누구라도 그토록 험악한 소문들을 믿을 수 없을 걸세.

하지만 요즘은 우리가 서로 잘 만나지 못했으니, 주변 사람들이 자네에 대한 소문을 수군거리면 뭐라 답해야 할지 모르겠더군. 자네가 클럽에 들어가게 되면 베릭 공작 같은 사람이 불쾌함을 감추지 못하고 나가 버린다니! 런던의 여러 신사가 자네의 집을 드나들려 하지 않는다니! 이게 다 무슨 연유인가? 나는 자네의 친구였던 스테이블리 경을 지난주 만찬회에서 만났다네. 우리는 더들리 백작의 전시회에 자네가 보낸 세밀화에 대한 이야기를 나누다가 자네 이야기가 나오게 되었지. 그러자 그가 얼굴을 찡그리더니, 자네의 예술적 취향은 너무나 훌륭하지만 적어도 순수한 아가씨와 정숙한 부인들을 자네 곁에 두면 안 된다고 말하더군.

나는 그가 나의 친구라는 사실을 말하고는 어떻게 그런 말을 하게 된 것인지 물어보았네. 하지만 그는 모든 사람 앞에서 그 이야기를 다시 분명하게 말하더군. 너무 끔찍했네. 왜 자네와 친분을 나누었던 젊은이들은 하나같이 비참한 최후를 맞게 되는 건가? 어쩌다 자네와 절친한 친구였던 근위대의 그 청년은 자살하고, 헨리 애슈턴 경은 명예가 더럽혀진 채 영국을 떠나야만 하게 된 건가? 또 에이드리언 싱글턴이 맞은 끔찍한 말로는 어떠했으며, 켄트 경의 외아들과 그의 경력에 대한 이야기는 무엇인가? 나는 어제 세인트 제임스 가에서 그의 아버지를 뵈었는데, 그분은 비탄과 수치심에 젖어 너무나 망가져 있더군. 또 젊은 퍼스 공작에 대한 이야기도 나오던데, 요즘 그는 어떻게 지내는 건가? 대체 어떤 신사가 그런 사람과 어울릴 수 있겠느냐 말일세."

도리언은 입술을 깨물며 멸시하는 듯한 목소리로 말했다.

"그만해요! 바질, 정말 당신은 잘 알지도 못하면서 함부로 말씀하시는군요. 제가 클럽에 들어가면 베릭 공작이 뛰쳐나온다고요? 그건 그가 제 생활을 알기 때문이 아니라, 제가 그의 사생활에 대해 낱낱이 알고 있기 때문이에요. 그의 혈관에서 저열한 피가 흐르는데 어떻게 말끔한 생활을 할 수 있겠어요! 헨리 애슈턴과 젊은 퍼스 공작이요? 제가 애슈턴에게 악행을 가르치고, 퍼스를 방탕한 삶으로 이끌기라도 했다는 말씀이세요? 켄트의 어리석은 외아들이 거리의 여인과 결혼하든 말든 그게 저와 무슨 상관인가요? 에이드리언 싱글턴이 청구서에 남의 이름을 도용했다는 게 제 잘못인가요? 제가 그 친구들의 감시인이라도 되어야 하는 건가요?

주변 사람들이 어떤 소문을 퍼뜨리는지 잘 알고 있습니다. 중산층 사람들은 변변찮은 저녁을 먹으면서 상류층 생활에 대한 험담을 늘어놓기 바쁘고, 자신들은 고결한 도덕주의자처럼 굴지요. 하지만 그 사람들은 상류층에 속하고 싶어 하고, 그 사람들과 친해지고 싶어서 그런 말을 지껄이는 거예요. 그러니 제아무리 훌륭한 장점을 가진 사람들도 결국 그들의 입방아에 오르내릴 수밖에 없지요. 그런 사람들은 정말 고결하게 사는 건가요? 바질, 당신은 우리가 위선의 본고장에서 살고 있다는 걸 잠시 잊으신 모양이네요."

"도리언, 그게 문제는 아니네. 영국이 정의롭지 못한 나라이며 우리 사회가 정말 심각한 문제를 가지고 있다는 건 잘 알고 있지. 하지만 그렇기 때문에 나는 자네가 올바른 방향으로 나아가기를 바라는 것이네. 자네가 바르게 살고 있지 않다는 것은 자네의 주변 사람이 미치는 영향으로 판단할 수 있지. 자네의 친구들은 명예나 선, 혹은 순수한 감정 같은 걸 모두 잃어버린 듯했네. 아마 자네가 그들을 악의 깊은 구렁텅이에 빠뜨리게 했겠지. 그러고는 그들을 바라보며 자네는 미소를 짓고 있을 것이고. 하지만 그것보다 더 나쁜 것은 자네가 해리와 떼려야 뗄 수 없는 사이면서도 해리의 여동생을 조롱거리로 만든다는 것이네."

"바질! 말조심해요. 너무 심하시네요."

"내 이 말은 꼭 해야겠네. 잘 듣게. 자네가 그웬돌렌 부인을 처음 만났을 때만 해도 그녀는 어떤 악의적 소문에 거론되던 일이 없었네. 허나 지금은 그녀와 같이 마차를 타고 하이드파크에 갈 정숙한 여인이 런던에 한 명이라도 있는 줄 아나? 심지어 그웬돌렌 부인의 아이들마저 그녀와 같이 살 수 없을 지경이 되었네. 또 다른 이야기도 있네. 자네가 어떤 비열한 소굴에 몰래 드나드는 모습을 목격했다는 이야기가 있네. 정말이 얘기가 모두 다 사실인가? 사실이냔 말이네! 처음에 그런이야기를 접했을 땐 그저 코웃음만 나왔네. 하지만 지금은 너무나 몸이 부들부들 떨리지. 시골 저택에서의 생활에 대해 어떤 이야기가 나도는 줄 아나? 자네는 어떤 소문이 떠도는지 모를 걸세.

설교할 마음이 없다고는 안 하겠네. 언젠가 해리가 말했었지. 누구나 처음에는 남을 설교할 생각을 가지지 않지만, 어느새 하나같이 어수룩한 목사가 된다고 말이네. 그래, 이제 나는 자네에게 설교를 해야겠네. 부디 자네가 세상 사람들의 존경을 받는 삶을 살기 바라네. 명예를 더럽히지 말고, 훌륭한 경력을 쌓으며, 나쁜 친구들과 함부로 어울리지 않기를 바라네. 아아, 그렇게 자네와 상관없다는 표정을 짓지 말게. 그렇게 고개를 갸웃하지도 말고. 나는 자네가 가진 어마어마한 영향력을 악이 아닌 선을 위해 베풀기를 바라네. 어떤 이는 자네와 친하게 지내는 사람은 모두 타락해 버리고, 자네가 어떤 집에 들어가기만 하면 그 집이 풍비박산이 난다고도 하더군. 그 말이 사실인지 아닌지는 잘 모르겠지만 말이네. 내가 모든 사실을 어찌 알겠나? 다만 중요한 것은 주변 사람들이 그런 말을 수군거리고 있다는 것이네.

의심의 여지조차 없는 소문도 들었네. 내가 옥스퍼드 대학에 다닐 때 가장 친하게 지내던 글로스터 경이 있었네. 그 친구가 내게 편지 한 통을 보여 주었지. 그 편지는 자신의 아내가 프랑스 망통에 있는 빌라에서 외로이 죽어갈 때 자신에게 썼다는 편지였네. 내가 읽었던 고백의 글 가운데 가장 끔찍한 내용이었는데, 그 내용에 자네의 이름이 언급되어 있더군. 나는 그 친구에게 가당찮은 소리라고 말했었네. 내가 도리언을 잘 아는데, 그는 절대로 그런 짓을 저지를 사람이 아니라고 했지. 그런데 내가 자네를 잘 알고 있긴 한 건가? 이제는 내가 정말 자네를 잘 아는지 궁금해지네. 아마 자네의 영혼을 봐야 판단할 수 있을 것만 같군."

"저의 영혼을 보시다니요!" 도리언은 소파에서 벌떡 일어나 두려움으로 얼굴이 창백해진 채 더듬거리며 말했다. 바질은 비탄에 젖은 목소리로 나지막이 말을 이었다.

"그래, 자네 영혼을 봐야겠네. 하지만 그럴 수 없겠지. 신만이 그렇게 하실 수 있을 테니."

그러자 도리언은 조소가 섞인 웃음을 터뜨리고는 테이블에 놓인 램프를 움켜잡은 뒤 소리쳤다.

"그렇다면 오늘 밤, 제 영혼을 보게 되실 겁니다. 당신의 작품을 보여 드릴 수밖에 없겠네요. 자, 따라오세요. 이제 당신이 보지 않으면 안 될 이유가 어디 있겠나요? 제 영혼을 보시고, 원하신다면 저에 대해 떠들고 다니셔도 좋아요. 물론 누구도 당신의 말을 믿으려 하지 않겠지만, 사람들은 그런 소문 때문에 오히려 저를 더 매력적으로 여기게 되겠지요. 어쩌면 당신은 또다시 제게 이래라 저래라 장황한 연설을 늘어놓겠지만, 적어도 이 시대에 대해서만큼은 제가 당신보다 훨씬 더 잘 알고 있어요. 자, 이제 보여 드리지요. 그 정도면 타락에 대해 충분히 말하셨으니, 이제 직접 그 타락을 대면해 보세요."

도리언의 말 한 마디 한 마디에는 광기가 어려 있으면서도 특유의 자만심으로 충만했다. 그는 이제 어린아이처럼 발로 바닥을 쿵쿵거리며 걸어가고 있었다. 이제야 자신의 비밀을 다른 사람과 나눌 수 있다는 것에, 그리고 자신의 모든 수치의 근원이 되었던 초상화를 그린 바로 그 화가가 자신에게 어떤 일을 저지른 것인지 끔찍한 기억을 안고 평생을 살아갈 것이라는 생각을 하니 도리언은 짜릿할 정도의 쾌감이 들었다. 곧 도리언은 바질에게 바싹 다가가 그의 엄한 눈을 똑바로 노려보며 말했다.

"그래요. 이제 제 영혼을 보여 드릴게요. 당신이 오직 신만 볼 수 있다고 여기던 그 영혼을 곧 마주할 수 있을 겁니다."

바질은 그 말에 경악해 뒷걸음질을 치고는 소리쳤다.

"도리언, 그런 말은 신성 모독일세! 어떻게 그런 말을 할 수 있나. 너무나 끔찍하고 무의미한 말일세."

그러자 도리언은 가만히 미소를 지으며 말했다.

"정말 그렇게 생각하세요?"

"당연하네. 조금 전 했던 말은 전부 자네를 위해 건넸던 말이었네. 자네도 알겠지만, 나는 자네의 충실한 친구잖나."

"제 몸에 손대지 마세요. 할 말이 있으면 마저 다 하시고요."

순간 바질의 얼굴은 괴로움으로 일그러졌다. 잠시 입을 다물던 그는 곧 연민의 감정에 휩싸였다. 대체 자신이 무슨 권리로 도리언의 인생을 하나하나 알아내려 한단 말인가? 설령 도리언이 그 소문의 10분의 1이라도 사실대로 저질렀다면, 정작 도리언 자신도 끔찍한 고통을 겪었을 텐데! 바질은 자리에서 일어나 벽난로 쪽으로 다가갔다. 그러고는 서리 같은 재들로 뒤덮인 통나무와 타오르는 불꽃을 바라보며 가만히

서 있었다. 도리언은 너무나 단호하고 또렷한 목소리로 말을 이었다.

"바질, 할 말이 남았다면 어서 하세요. 다 들어 드리지요."

그러자 바질은 몸을 돌리더니 큰 소리로 말했다.

"나는 이런 말을 하고자 했네. 자네는 지금 자네를 둘러싼 끔찍한 비난에 대해 어떤 식으로든 해명해야 된다는 것이지. 자네가 그런 말이 하나같이 모두 악의적인 거짓말이라고 말해 준다면, 나는 자네의 말을 신뢰하겠네. 지금 내가 얼마나 고통스러워하는지 자네는 모르겠나? 부디 자네가 그처럼 악하고 타락했으며 치욕스러운 사람이라고 말하지 말아 주게!"

그 말에 도리언은 가만히 미소를 짓더니, 경멸 어린 표정으로 입을 삐쭉거리고는 나지막이 말했다.

"바질, 위층으로 가시지요. 저는 그동안 제 삶을 매일 기록해 둔 일기를 가지고 있답니다. 위층에 있는 방에서 썼던 그 일기는 여태껏 단 한 번도 그 방을 벗어났던 적이 없었지요. 자, 이제 제가 그걸 보여 드릴게요."

"자네가 원한다면 같이 가겠네. 기차는 이미 놓친 것 같지만, 내일 가면 될 테니 괜찮겠지. 다만 오늘 밤에 내가 그 글을 조금이라도 읽기를 바라지는 말게. 나는 그저 내 질문에 대한 솔직한 대답을 얻고 싶을 뿐이니 말이네."

"위층에 가면 그 대답을 얻으실 수 있을 겁니다. 이곳에서는 말할 수 없겠지요. 이를 읽는 데 오랜 시간이 걸리지도 않을 겁니다."

13

도리언은 방에서 나가 위층으로 올라가기 시작했고, 바질은 그 뒤를 부지런히 쫓아갔다. 밤에는 누구나 본능적으로 그러하듯 그들 또한 조용히 계단을 올라갔다. 타오르는 램프의 불빛은 벽과 계단에 부딪치며 환상적인 그림자를 보였다. 살랑살랑 불어오는 바람에 몇몇 창문이 덜컹거리고 있었다. 두 사람이 위층에 다다르자, 도리언은 램프를 바닥에 내려놓고는 열쇠를 꺼내 자물쇠에 넣고 돌렸다. 그때 도리언은 낮은 목소리로 재차 물었다.

"바질, 정말 알고 싶으신 거 맞지요?"

"그러네."

그는 미소를 짓고는 무뚝뚝한 목소리로 말했다.

"그렇다면 저는 너무나 기뻐요. 당신이야말로 이 세상에서 저에 대해 모든 걸 알 자격이 있는 유일한 분이니까요. 또한 스스로 생각하시는 것보다 당신은 훨씬 더 많이 제 인생에 연관되어 있기도 하고요." 그는 램프를 들고 방문을 열어 안으로 들어갔다. 냉랭한 공기가 두 사람에게 불어왔고, 램프의 불빛은 한순간 짙은 오렌지색 불꽃을 내뿜으며 타올랐다. 도리언은 순간 부르르 몸을 떨고는 등잔을 테이블 위에 올려놓으며 나지막이 말했다.

"문을 닫아 주세요."

바질은 당황한 기색으로 방을 둘러보았다. 분명 몇 년 동안이나 아무도 살지 않던 방 같았다. 색이 바랜 듯한 플랑드르의 태피스트리, 커튼이 드리워진 채 놓인 그림 한 점, 오래되어 보이는 이탈리아산 상자, 그리고 텅 빈 책장. 의자 하나와 테이블 하나를 제외하면 이것들만이 방에 있는 전부인 듯했다. 벽난로 선반에 놓인 반쯤 탄 초에 도리언이 불을 붙이자, 바질은 이 방이 먼지로 자욱할뿐더러 양탄자는 군데군데 찢어지고 구멍이 나 있다는 것 또한 알게 되었다. 쥐 한 마리가 벽판 뒤에 있는 징두리로 달아났다. 퀴퀴한 곰팡이 냄새도 났다.

"바질, 아마 당신은 신만이 영혼을 볼 수 있다고 생각하시겠지요? 어서 저 커튼을 젖혀 보시지요. 그럼 바로 제 영혼을 보실 수 있을 겁니다." 도리언은 너무나 냉랭하고 독기마저 어린 듯한 목소리로 말했다. 바질은 그 말에 눈살을 찌푸렸다.

"도리언, 자네 정말 미쳐 버린 건가? 아니면 미친 척이라도 하는 건가?"

"어서 커튼을 젖혀 보세요! 못 하시겠어요? 그렇다면 제가 해 드리지요."

도리언은 바로 커튼을 뜯어내 바닥에 내동댕이쳤다. 그러자 어스름한 빛 사이로 자신을 향해 웃고 있는 섬뜩한 초상화의 모습이 보였다. 바질의 입에서는 기겁에 가까운 비명이 터져 나왔다. 초상화의 표정에서는 왠지 모를 혐오감과 역겨움이 느껴졌다. 맙소사! 분명 이 그림은 도리언 그레이의 얼굴이었다. 그 얼굴을 훼손시킨 정체를 알지는 못해도 다행히 아직 도리언의 아름다움을 모두 망가뜨리지는 않은 모습이었다. 머리카락은 점점 빠지고 있었지만, 아직 또렷이 반짝이는 금빛이 남아 있었다. 매혹적인 입에는 생생함을 머금은 주홍색 기운이 다 사라진 것은 아니었다. 눈은 조금 퀭해 보였지만 푸른 눈동자의 아름다움이 어느 정도는 남아 있었고, 아름답게 다듬어진 코와 잘 빚어 놓은 것 같은 목에는 여전히 우아한 곡선미가 남아 있었다. 그렇다. 도리언 그레이의 모습인 것이다. 그런데 대체 누가 이런 몰골로 만든 것인가? 바질은 분명 자신의 붓놀림을 알아보고 있었다. 액자 또한 그가 직접 고안한 것이었다. 어쩌면 정말 자신이 그린 초상화는 아닐까? 생각만 해도 끔찍하고 두려운 마음이 들었다. 그는 겨우 불을 붙인 초를 움켜쥔 뒤 그림 가까이로 가 초상화를 비추어 보았다. 왼쪽 구석에는 선명한 주홍색으로 쓴 자신의 이름이 있었다.

불쾌한 모방이자 저열한 풍자였다. 바질은 절대 이따위 그림을 그리지 않았다. 하지만 분명 바질 자신이 그린 그림이었다. 바질은 이 사실을 깨닫자, 뜨거운 피가 일순간 차가운 얼음으로 변해 딱딱하게 굳어 버리는 듯한 기분이 들었다. 내가 그런 그림이라니! 이게 대체 어떻게 된 일이란 말인가! 대체 이 초상화는 무슨 이유로 이렇게 변해 버린 것인가? 그는 뒤돌아서 넋이 나간 사람처럼 도리언을 바라보았다. 입에서는 경련이 일어났고, 혀는 너무나 말라 버려 발음조차 제대로 하기 어려웠다. 손으로 이마를 만져 보니, 식은땀이 축축히 배어 나왔다.

도리언은 벽난로 선반에 기댄 채 마치 유명 배우가 출연한 연극에 몰입한 관객에게서 볼 수 있는 오묘한 표정을 지으며 그의 모습을 바라보았다. 그는 진정으로 슬퍼하지도, 진정으로 기뻐하지도 않았다. 다만 그는 승리를 쟁취한 것 같은 눈빛을 보였다. 그는 외투에서 꽃을 꺼내 향기를 맡았다. 아니, 맡는 척했다.

"대체 이게 어떻게 된 일인가?"

바질이 내뱉은 말은 도리언이 듣기에도 괴이하고 날카롭게 들렸다. 도리언은 손에 쥐고 있던 꽃을 뭉개 버리며 말했다.

"저는 오래전, 소년이었을 때 당신을 만났지요. 그때 당신은 저를 한껏 치켜세우며 제 외모에 허영심을 가지도록 하셨어요. 그러던 어느 날, 저는 당신의 친구를 만났고 그분은 제게 젊음이란 것의 경이로움을 깨닫게 해 주셨지요. 마침 그때 당신은 그 경이로움을 보여 주는 초상화를 완성하셨고요. 제정신이 아니었던 그 순간—지금도 그 판단을 후회하는지 않는지 제대로 판단할 수 없는 그 순간—저는 소원을 빌었어요. 어쩌면 당신은 그것을 기도라고 부르겠지만……."

"아, 기억하네! 아무렴, 기억나고말고! 하지만 아니야! 그런 일은 불가능하네. 그나저나 이 방은 꽤나 눅눅하군. 그래, 아마 곰팡이가 분명 캔버스에 파고들었을 것이네. 그래서 내가 사용한 물감에 맹독성 광물이 섞이게 된 것이겠지. 그림이 이렇게 바뀌는 건 불가능한 일이네."

도리언은 창가로 향해 안개가 서린 창문에 이마를 대고는 말했다.

"대체 뭐가 불가능하다는 건가요?"

"자네가 그림을 없애 버렸다고 한 것 말이네."

"아니요. 저 그림이 나를 없애 버린 거예요."

"정녕 저것이 내가 그린 초상화라는 게 믿겨지지 않네."

"저 그림에서는 당신의 이상이 보이지 않는 건가요?" 도리언은 비꼬며 말했다.

"자네가 부르는 나의 이상은……."

"당신이 그렇게 부르셨겠지요."

"내 이상에는 절대 사악함도 수치스러움도 없었네. 오직 자네만이 내가 다시는 만날 수 없을 유일한 이상이었지. 그런데 이 그림은 그저 여색만을 밝히는 얼굴이네."

"제 영혼의 얼굴이지요."

"이럴 수가! 내가 숭배한 대상이 이런 존재였다니! 이건 악마의 눈동자야!"

"바질, 인간은 누구나 마음속에 천국과 지옥을 같이 갖고 있지요."

도리언은 절망적인 말투로 외쳤다. 바질은 촛불을 들고 다시 초상화를 들여다보고는 크게 소리치며 말했다.

"기가 막히네! 이 모습이 사실이라면…… 이것이 자네의 삶을 온전히 보여 주는 것이라면, 분명 자네는 사람들이 얘기하는 것보다 훨씬 더 타락한 인간인 것이네!"

초상화의 어느 곳에서도 훼손된 흔적은 찾을 수 없었다. 그렇다면 초상화의 혐오스러움과 추잡함은 분명 그림의 내면에서 나온 것이었다. 그림 안의 어떤 생명체가 기괴한 모습으로 되살아나 마치 나병이 퍼지는 것처럼 서서히 그림을 좀먹은 것이다.

그는 손을 벌벌 떨었다. 그 바람에 초가 바닥으로 떨어져 타는 소리가 났다. 바질은 재빨리 발로 초를 짓밟아 불을 끄고는 테이블 옆에 놓인 의자에 주저앉아 두 손에 얼굴을 파묻었다.

"이건 교훈이네! 무서운 경고일세!"

도리언은 아무 대답도 하지 않았다. 다만 창가에서 도리언이 흐느껴 우는 소리만 들려올 뿐이었다. 바질은 다시 나지막한 목소리로 말했다.

"도리언, 기도해야 되네. 기도해야 돼. 우리가 어렸을 때 배웠던 기도문이 뭐였지? 아, 기억나네. '우리를 시험에 들게 하지 마시옵고, 우리의 죄를 사해 주시며, 우리의 허물을 말끔히 씻어 내게 해 주소서.' 자, 어서 함께 기도하세. 신께서는 자네의 오만방자한 기도도 들어주셨으니, 분명 회개의 기도도 들어주실 걸세. 나는 지금 자네를 지나치게 숭배한 벌을 받고 있는 것이네. 또한 자네도 자신을 과도하게 숭배한 죄의 대가를 치르고 있는 것이라고. 결국 우리는 모두 하늘의 심판을 받고 있는 것이네."

도리언은 천천히 돌아서 눈물로 흐려진 눈으로 바질을 바라보고는 더듬거리며 말했다.

"바질, 너무 늦어 버렸어요."

"그렇지 않네, 절대! 도리언, 어서 함께 무릎을 꿇고, 어렸을 때 배웠던 기도문을 다시금 떠올려 보세. 어딘가에는 이런 말이 있었을 걸세. '비록 너희의 죄가 주홍빛일지어도, 곧 눈과 같이 희어질 것이다.' 같은 구절 말이네."

"그런 말들은 이제 저에게 아무 의미가 없어요."

"쉿! 그런 말 하지 말게. 지금껏 자네가 벌인 죄악만으로도 이미 충분하네. 아아, 우리를 흘겨보는 저 존재가 보이지 않는가?"

도리언은 그림을 흘긋 바라보았다. 그러자 갑자기 바질에 대해 주체할 수 없는 증오심이 일기 시작했다. 마치 캔버스 위의 도리언이, 잔인하게 웃고 있는 그 입술이 실제의 자신에게 그렇게 하라는 명령을 속삭이는 것만 같았다. 이내 그에게는 사냥꾼에게 쫓기는 동물 같은 분노가 엄습했다. 여태껏 살아오면서 혐오했던 그 어떤 것보다도 훨씬 더 많이, 지금 테이블 위에 앉아 있는 저 사람에 대한 증오감이 들끓었다. 순간 그의 정면에 놓인 상자 위에서 무언가가 반짝였다. 이제 그의 시선은 그것에 고정되었다. 도리언은 그것이 무엇인지 알고 있었다. 며칠 전, 끈을 자르기 위해 잠시 이 방에 올라왔다가 정리하는 것을 잊고 내버려 두었던 나이프였다. 그는 천천히 바질을 지나쳐 나이프가 있는 쪽으로 향했다. 바질의 등 뒤쪽에 다다르자, 그는 재빨리 나이프를 쥐고는 돌아섰다. 바질은 자리에서 일어나려는 듯 의자에서 몸을 움직이고 있었다. 그때 도리언은 바질에게 사납게 달려들었다. 그러고는 그의 귀 뒤편에 있는 대정맥을 나이프로 힘껏 찔렀다. 곧이어 그는 바질의 머리를 테이블 위에 처박고는 힘껏 짓누른 상태에서 수차례 나이프로 그를 찔러 댔다.

헐떡이는 신음, 그리고 흐르는 피에 숨통이 막혀 오는 듯한 소름 돋는 소리가 들렸다. 쭉 늘어져 있던 팔은 세 번씩이나 경련을 일으키며 위로 펄떡였다. 뻣뻣하게 굳은 손가락은 허공에서 괴이한 모양을 그렸다. 도리언은 두 차례 더 나이프로 그를 찔렀다. 이제 그는 아무런 움직임도 없었다. 그때 무언가가 바닥으로 뚝뚝 떨어지기 시작했다. 도리언은 바질의 머리를 짓누른 채 잠시 가만히 있다가 곧 테이블 위에 나이프를 던지고는 소리가 나는 곳에 귀를 기울였다. 낡아서 올이 다 풀려 버린 양탄자에 무언가가 뚝뚝 떨어지는 소리를 제외하고는 어떤 소리도 들리지 않았다. 그는 문을 열고는 층계참으로 나가 보았다. 다행히 집은 고요했고, 주위에는 아무도 없었다. 그는 계단 사이로 몸을 숙여 아래쪽 층계 사이에 소용돌이 모양으로 뚫려 있는 곳을 바라보았지만 깜깜할 뿐이었다. 그는 다시 열쇠를 꺼내 방 안으로 들어가 평소처럼 문을 걸어 잠갔다.

시체는 여전히 고개를 숙인 채 의자에 앉아 등을 굽힌 채로 있었다. 팔을 기이한 모양으로 늘어뜨리고는 테이블 위에 뻗어 있었다. 나이프로 들쭉날쭉 베여 생긴 목의 상처, 그리고 테이블 위로 차츰 번지고 있는 검붉은 핏덩어리만 아니라면 마치 잠자는 것처럼 보였다.

모든 일이 삽시간에 벌어지고 말았다. 하지만 도리언은 괴이할 정도로 침착했다. 그는 창문을 열고 발코니로 나갔다. 바람은 자욱한 안개를 조금씩 날려 버리고 있었고, 하늘은 수많은 황금빛 눈동자가 반짝이는 거대한 공작의 꼬리 같아 보였다. 경찰이 마을을 돌아다니며 정적만이 가득한 집의 현관에 일일이 랜턴을 비추는 모습도 보였다. 길모퉁이에서는 한 이륜마차의 새빨간 불빛이 번쩍이더니 이내 모습을 감추었다. 바람에 나부끼는 숄을 걸친 어떤 여자는 길가의 난간을 따라 비틀거리며 천천히 걸음을 옮기고 있었다. 그러다가 종종 멈추어 뒤를 돌아보더니, 쉰 목소리로 노래를 부르기 시작했다. 경찰관이 그녀에게 다가와 까닭을 묻자, 그녀는 다시 실실 웃으며 비틀비틀 앞으로 걸었다. 어느새 바람은 매서운 돌풍으로 바뀌어 광장을 휩쓸었고, 가스의 불은 껌뻑이며 푸른빛을 피웠으며, 벌거숭이가 된 나무들은 쇠처럼 보이는 검정 나뭇가지들을 이리저리 흔들었다. 도리언은 몸을 떨며 다시 안으로 향했다.

그는 다시 열쇠를 돌려 문을 열고 안으로 들어갔다. 이제 그는 시체에는 조금의 눈길도 주지 않았다. 도리언은 이 일을 비밀로 둔다면 절대 누구에게도 발각되지 않을 것이라고 생각했다. 그를 모든 치욕으로 이끌게 했던 원인, 그토록 치명적인 초상화를 그린 친구가 세상을 떠났다. 그거면 충분했다.

그는 불현듯 램프를 떠올렸다. 무어인(8세기쯤에 이베리아 반도를 지배했던 이슬람교도)이 정교한 솜씨로 만든 이것은 다소 괴이한 모양이었고, 윤기 없는 은과 광택이 나는 강철로 아라베스크 무늬를 상감 기법으로 만든 조잡한 터키옥이 박혀 있었다. 어쩌면 하인이 램프가 어디로 갔는지를 물어볼 수도 있을 것이다. 잠시 머뭇거리던 그는 다시 안으로 들어와 테이블 위에 놓인 램프를 들었다. 그러자 시체를 보지 않을 수 없게 되었다. 이 모습은 얼마나 고요한가! 하얗고 긴 손은 정말로 끔찍했다. 마치 밀랍으로 만든 무서운 형상을 보는 것만 같았다.

그는 다시 문을 걸어 잠근 뒤, 조용히 계단을 내려왔다. 나무 계단의 삐꺼덕거리는 소리는 누군가 고통을 참지 못하고 마구 울부짖는 비명처럼 들렸다. 그는 몇 번씩이나 멈추어 주변에서 어떤 소리가 들리는지를 확인했지만, 그저 자신의 발자국 소리만 들릴 뿐이었다. 서재에 들어선 도리언은 방의 구석에 놓인 그의 외투와 가방을 보았다. 어딘가로 숨겨야만 했다. 그는 징두리 쪽에 있는 비밀 옷장을 열었다. 자신이 수집한 진귀한 가면이나 분장 물품을 보관하던 곳이었다. 이것은 이 안에 두었다가 나중에 때를 노려 태워 버리면 될 일이었다. 그는 시계를 꺼냈다. 어느새 새벽 1시 40분이었다.

그는 자리에 앉아 여러 생각을 했다. 매년, 아니 매달 영국에서는 자신이 그동안 저질렀던 짓 때문에 사형에 처해지는 사람이 끊이지 않았다. 대기 안에 살인의 광기가 짙게 퍼져 있었다. 어떤 붉은 별이 지구에 너무 가까이 다가온 것은 아닐까…… 하지만 그에게 불리할 게 뭐가 있겠는가? 바질은 11시쯤 자신의 집에서 나왔고, 다시 집으로 돌아온 그를 본 사람은 아무도 없을 것이다. 대부분 하인은 셀비 로열에 있을 것이고, 그의 하인은 지금 잠에 빠져 있을 것이다……. 파리! 그렇다. 바질은 원래 계획대로 열차를 타고 파리로 향한 것이다. 바질은 특유의 내성적 성향이 심해 좀처럼 바깥에 모습을 드러내는 법이 없었으니, 적어도 그의 행방에 대한 의혹이 불거지려면 족히 몇 달은 걸릴 것이었다. 몇 달이라! 아니 그보다 훨씬 전에 도리언은 모든 일을 다 마칠 수 있을 것이다.

문득 어떤 생각이 번쩍인 그는 다시 모피 코트를 입고 모자를 쓴 뒤 현관 쪽으로 나갔다. 그러고는 잠시 그곳에 멈추어 서서 경찰관이 바깥 보도를 무겁게 걸어가는 소리를 들었다. 또한 창문에 반사되는 여러 랜턴의 불빛도 바라보았다. 그는 조금 더 조용히 기다려야만 했다.

얼마 후 그는 빗장을 열어 조심스레 밖으로 빠져 나간 뒤 문을 닫아 버렸다. 그러고는 종을 울렸다. 약 5분 정도 후, 잠이 덜 깬 채 대충 옷을 걸쳐 입은 하인이 졸린 눈을 비비며 밖으로 나왔다.

"프랜시스, 깨워서 미안하네. 내가 현관 열쇠를 어디에 두었는지 깜빡해서 말이야. 그런데 지금 몇 시나 되었나?"

"2시 10분입니다, 나리." 하인은 시계를 바라보더니 눈을 끔뻑거리며 답했다.

"2시 10분이라니! 벌써 시간이 이렇게 되었나. 내일 아침 9

시쯤에 나를 꼭 깨워 주게. 할 일이 있어서 말이야."

"알겠습니다."

"혹시 엊저녁에 나를 찾아온 사람은 없었나?"

"바질 홀워드 씨가 다녀가셨습니다, 나리. 11시까지 기다리셨는데 열차를 타야 한다며 떠나셨습니다."

"아, 그를 만나지 못하다니 유감이군그래. 무슨 전갈이라도 남긴 건 없고?"

"없습니다, 나리. 클럽에서 나리를 뵙지 못한다면 파리에 가서 편지를 쓰시겠다는 말씀 외에 특별한 얘기는 없으셨습니다."

"알겠네, 프랜시스. 그럼 이따 9시에 깨우는 걸 잊지 말게나."

"예, 나리." 하인은 실내화를 끈 채로 잠에 취해 비틀거리며 복도를 걸어갔다.

도리언은 안으로 들어와 모자와 코트를 테이블에 던져 놓고는 서재로 향했다. 약 15분 정도 지그시 입술을 깨문 채 생각에 잠기던 그는 방을 서성거리다가 책꽂이에서 명사의 인명록을 찾고는 책장을 넘기기 시작했다.

'앨런 캠벨, 메이페어 하트퍼드 가 152번지.'

그렇다. 지금 그에게는 이 사람이 꼭 필요했다.

14

아침 9시가 되자, 하인은 초콜릿 음료 한 잔을 쟁반에 받치고 방으로 들어와 창문을 열었다. 도리언은 한 손으로 뺨을 만진 채 오른쪽으로 돌아누워 있었다. 너무나 평온하게 자고 있는 그는 마치 놀거나 공부하고는 녹초가 되어 버린 소년 같았다.

하인이 두 번이나 그의 어깨를 흔들고 나서야 그는 겨우 잠에서 깼다. 도리언은 기분 좋은 꿈에 푹 빠져 있었던 사람처럼 가벼운 미소를 띠며 눈을 떴다. 하지만 그는 어떤 꿈도 꾸지 않았다. 길몽이나 흉몽도 아니었다. 때때로 청춘은 아무 이유도 없이 미소를 짓기 마련이고, 그것은 청춘이 지니고 있는 가장 큰 매력 중에 하나였다.

그는 팔꿈치에 몸을 기댄 채 자리에서 돌아누워 초콜릿 음료를 홀짝거렸다. 11월의 따사로운 햇살이 방으로 들어오고 있었다. 하늘은 5월의 아침처럼 맑았고, 대기에는 온화한 기운이 감돌았다. 하지만 지난밤의 사건이 피범벅이 된 채 자신의 머릿속으로 조금씩 기어 들어오자 그는 움찔했다. 모든 것이 무서울 정도로 또렷하게 기억났다. 바질이 의자에 앉아 있을 때 그를 단칼에 죽이게 만든 괴한 혐오를 떠올리자, 도리언은 다시 분노가 일며 싸늘해졌다. 그 자리에서 시체 또한 따사로운 햇살을 받고 있을 것이라 생각하니 소름마저 돋았다. 그토록 끔찍한 것들은 대낮의 분위기와는 전혀 어울리지 않았기 때문이다.

그 일을 조금 더 깊게 생각하다가는 당장 병이 나거나 미쳐 버릴 것만 같았다. 실제로 일을 저지를 때보다 그것을 다시금 떠올릴 때 더 황홀감에 젖는 죄악이 있다. 열정보다는 자만심을, 또한 그것보다 훨씬 더 비교할 수 없을 정도로 큰 기쁨을 느끼게 되는 승리감이 있다. 하지만 지난밤의 일은 그런 류가 아니었다. 이 일은 당장 마음속에서 없애 버려야 하며, 아편이 있다면 그 힘으로 마비시켜야 할 것이며, 그것에 질식당하지 않기 위해 앞서 그것을 질식시켜야만 하는 일이었다.

9시 30분을 알리는 시계의 종소리가 울리자, 그는 손으로 이마의 땀을 닦은 뒤 허겁지겁 자리에서 일어났다. 그는 평소보다 훨씬 공을 들여 옷을 차려입었다. 그는 넥타이와 스카프의 핀 하나하나를 세심하게 신경 써서 골랐고, 반지를 이리저리 살펴보며 하나씩 껴 보기도 했다. 또한 아침 식사 때는 여러 음식을 하나하나 음미하듯이 맛보았고, 셸비에 있는 하인들에게 입힐 새 옷에 대한 이야기를 나누었다. 그러고는 세

통의 편지를 찬찬히 읽으며 오랜 시간을 보냈다. 하지만 그 편지들은 너무나 따분한 내용 일색이었다. 그는 어떤 편지를 여러 번 읽어 보다가 이내 얼굴을 찡그리고는 그 편지를 찢어 버리기도 했다.

"여인들의 기억력은 얼마나 소름 돋는지 몰라!"

언젠가 헨리 경이 했던 말이었다.

도리언은 블랙커피 한 잔을 마시고 냅킨으로 천천히 입가를 닦았다. 그러고는 하인에게 기다리라는 손짓을 한 뒤 탁자로 가서 두 통의 편지를 썼다. 다 쓴 편지 한 통은 자신의 주머니에 넣고 다른 한 통은 하인에게 주었다.

"프랜시스, 이 편지는 하트퍼드 가 152번지에 전해 주도록 해. 만약 캠벨 씨가 런던에 계시지 않는다고 하면 지금 어느 곳에 머무시는지에 대한 정보도 알아 와."

또다시 혼자가 된 그는 담뱃불을 붙이고 종이에 스케치하기 시작했다. 그는 처음에 몇몇 건물과 꽃들을 그리다가 사람의 얼굴을 그리게 됐는데, 어떤 이유에서인지 자신이 그리는 얼굴이 신기하게도 바질의 모습과 닮았다는 것을 깨달았다. 그는 얼굴을 찡그리고는 자리에서 일어나 책장에서 아무 책을 한 권 집어 들었다. 적어도 당위성이 생기기 전까지는 어젯밤의 일에 대해 생각하지 않기로 한 것이다.

소파로 향한 그는 기지개를 켠 뒤 책 표지를 보았다. 에이드리언 싱글턴이 그에게 주었던 고티에의 시집 『나전칠보(螺鈿七寶)』였다. 프랑스의 출판가 샤르팡티에가 일본제의 종이판으로 만든 이 책의 표지는 프랑스의 화가 자크마르의 에칭

(동판 위에 부식되지 않는 것을 바르고 그 위에 바늘 따위로 세밀한 그림을 그린 뒤 질산 등으로 부식시키는 기법) 판화로 장식되어 있었다. 노란빛이 엷게 감도는 녹색으로 겉표지를 감싼 뒤, 금박을 입힌 격자무늬와 점묘화로 그린 석류 무늬도 박혀 있었다. 천천히 책을 읽던 그는 라스네르(프랑스의 극작가. 고등 교육을 받고 자의식이 강한 살인범으로 알려짐)가 쓴 손에 대한 어떤 시에 눈길이 머물렀다. 부드러운 붉은 솜털과 '목양신(牧羊神) 같은 손가락'을 지닌, 또한 노란빛의 '채 씻기지 않는 고뇌'가 보이는 차디찬 손에 대한 시였다. 그는 자신의 얇고 가느다란 흰 손가락을 바라보며 자기도 모르게 몸서리를 쳤다. 다시 책장을 넘기던 그는 베네치아에 대한 아름다운 시 구절을 마주했다.

반음계(半音階)의 곡조를 탄 채
그녀의 가슴으로 몰려오는 진주알 같은 파도.
아드리아해의 비너스가
장미처럼 붉고 백옥 같은 몸을 드러내네.

푸른 파도 위로 드러나는 둥근 지붕들은
어느 악절(樂節)의 청청한 곡선을 따라
둥근 목젖처럼
사랑의 탄식을 속으로 삼키며 부풀어 오르네.

작은 배는 육지에 닿아

밧줄을 던지고는 나를 내려 주네.
장밋빛 붉은 건물의 정면
대리석 계단 위에.

이 얼마나 아름다운 구절인가! 어떤 이라도 이 시를 읽으면, 은색의 뱃머리에 긴 휘장이 드리운 검정 곤돌라(베네치아의 작은 배)에 앉아 분홍빛과 진주 빛깔이 어우러진 도시의 푸른 수로를 떠내려가는 듯한 기분이 들 것이다. 이토록 단순한 시구가 그에게는 마치 리도 섬(베네치아에 있는 휴양지)으로 향하는 배가 뒤편에 곧게 그리는 터키옥 같은 푸른 물결처럼 느껴졌다. 불현듯 모습을 드러내는 색채는 벌집 모양의 높은 종탑 사이를 날아다니거나 어둡고 먼지가 자욱한 아케이드 사이에서 너무나 당당하고 우아한 모습으로 걸어 다니던 새들의 빛을 연상시켰다. 그들은 단백석(蛋白石)의 무지개의 빛을 목에 함께 지니고 있는 듯했다. 이내 소파에 등을 기대고 앉은 그는 시구를 거듭 읊조려 보았다.

장밋빛 붉은 건물의 정면
대리석 계단 위에.

이 두 행에는 말 그대로 베네치아의 모든 것이 깃들어 있었다. 도리언은 그곳에서 보냈던 가을날과 그곳에서 자신을 뒤흔들었던 아름다운 사랑을 떠올려 보았다. 그 사랑 때문에 도리언은 광적이면서도 희열을 선사하는 어리석음을 범하지 않았던가. 어느 곳에서든 낭만적인 사랑은 존재하기 마련이다. 옥스퍼드처럼 이곳도 로맨스를 배경으로 하는 곳이었다. 진정한 낭만주의자에게 배경은 거의 모든 것이거나 모든 것이었다. 한때 바질과 도리언은 그곳에서 함께 지내며 틴토레토(〈성 마르코의 기적〉 등을 그린 이탈리아의 화가)에 사로잡혀 있었다. 아아, 가엾은 바질이여! 어찌 그토록 참혹하게 죽었단 말인가!

잠시 한숨을 쉰 그는 다시 책을 읽으며, 그토록 끔찍한 사건을 잊어 보려고 했다. 이즈미르의 작은 카페—하지(순례를 마친 이슬람교도를 높여 부르는 말)들이 자리에 앉아 호박 염주를 세고, 터번을 두른 상인들이 술이 달린 긴 파이프로 담배를 피우고 진지한 대화를 주고받던 곳—를 자유로이 날아다니던 제비들에 관한 이야기를 읽었다. 햇빛마저 들지 않는 고독한 유배지에서 화강암의 눈물을 흘리던 콩코드 광장에 있는 오벨리스크에 대한 이야기도 읽었다. 오벨리스크는 너무나 간절히 나일강의 곁으로 돌아가고 싶어 했다. 그곳은 연꽃에 덮인 강렬한 햇빛이 일고, 스핑크스가 있으며, 장밋빛의 따오기와 황금 발톱을 지닌 흰 독수리, 김이 피어오르는 녹색 빛깔의 진흙탕을 기어 다니며 엷은 청색의 눈동자를 지닌 악어들이 있는 곳이었다. 또한 그는 루브르의 반암(斑巖)실에서 몸을 웅크리고 있는 '매혹적인 괴물'에 대한 시를 곰곰이 생각했다. 그것은 키스 자국으로 얼룩진 대리석에서 고티에가 음악적 영감을 얻어 그것을 콘트랄토에 비유할 정도로 진기한 조각상이었다. 하지만 얼마 후에는 책마저 손에 잡히지 않왔다. 그는 점점 신경이 예민해졌고, 종종 끔찍한 공포에 사로잡혔다. 앨런 캠벨이 영국에 있지 않으면 어쩌지? 아마 돌아오려면 며칠은 걸릴 수도 있고, 어쩌면 아예 오지 않을 수도 있다. 만약 그가 오지 않는다면 어떻게 하지? 도리언에게는 이제 순간순간이 매우 중요했다.

약 5년 전, 캠벨과 도리언은 막역한 친구였다. 하지만 그토록 친했던 두 사람의 관계는 어느 날 갑자기 끝나고 말았다. 이제 둘은 사교계에서 만나도, 도리언만 미소를 지을 뿐 캠벨은 절대 그를 보고 웃지 않았다. 캠벨은 시각 미술에 대한 안목이 없고, 시에 대한 미적 감각도 도리언에게 겨우 배운 것이 전부였지만 분명 대단히 영리한 청년이었다. 특히 과학에 대한 지적 호기심이 대단했는데, 그가 케임브리지 대학에 다닐 때는 대부분 시간을 실험실에서 연구하며 지냈고 자연 과학 졸업 시험에서는 뛰어난 성적을 받을 정도였다. 그는 지금도 화학 연구에 몰두하고 있으며, 개인 실험실을 갖추고는 온종일 그곳에 틀어박혀 지냈다. 하지만 캠벨의 어머니는 아들이 의회에 들어가기를 간절히 바랐다. 그녀는 화학자를 막연히 약이나 처방하는 사람으로 생각하고 있었기에 그의 행보를 너무나 골치 아파했다. 또한 그는 뛰어난 음악가여서, 피아노와 바이올린은 웬만한 아마추어 연주자들보다 훌륭히 소화할 정도였다.

그와 도리언이 처음 인연을 맺게 된 것도 음악 때문이었다. 물론 단순한 음악뿐만 아니라 도리언이 지닌 범상치 않은 매력도 둘의 인연을 쌓는 데 한몫했을 것이다. 사실 도리언은 스스로 마음만 먹으면 누구에게나 자신의 매력을 뽐낼 수 있을 것이라 여겼지만, 실제로는 자신이 그렇게 마음을 먹지 않아도, 자신도 모르는 사이에 매력을 발산할 수 있었다. 두 사람은 버크셔 부인의 집에서 루빈스타인(폴란드 출신의 미국 음악가)이 연주하던 날에 처음 만났다. 그 이후로 둘은 오페라 극장이나 좋은 음악이 연주되는 곳이면 어디든지 항상 함께 모습을 드러냈다. 그들의 친분은 약 18개월 동안 이어졌다. 캠벨은 거의 셀비 로열이나 그로스브너 광장에 있었는데, 그에게도 도리언 그레이는 인생에서 경이롭고 매력적인 것을 대표하는 전형적 인물이었다. 두 사람 사이에 어떤 다툼이 있는지는 몰랐다. 하지만 언제부터인가 두 사람이 만나도 서로 대화를 나누지 않고, 어느 곳에 도리언이 모습을 드러내면 캠벨이 서둘러 자리를 떠난다는 소문이 사람들의 입에 오르내리기 시작했다. 캠벨 또한 분명 변했다. 그는 때때로 급작스럽게 우울해져 음악을 감상하는 것조차 꺼리는 듯했고, 누군가 연주를 청하면 과학 연구 핑계를 대고는 연주하지 않으려고 했다. 날이 갈수록 그는 차츰 생물학에 보다 많은 관심을 가졌고, 사람들에게 특별한 호기심을 끌었던 어떤 실험에 대해 과학 평론지에 한두 차례 이름이 실린 적도 있었다. 도리언 그레이는 바로 이 사람을 기다리고 있었다. 시계를 몇 번이나 힐끔거리던 도레이는 시간이 지날수록 점차 초조해졌다. 그는 급기야 자리에서 일어나 우리 안에 갇힌 아름다운 맹수처럼 방 안을 서성거렸다. 그는 소리를 내지 않고 성큼성큼 걸었는데, 그때 그의 손은 이상할 정도로 차가웠다.

결국 그의 불안감은 폭발 직전에 이르렀다. 자신이 거대한 폭풍에 휩쓸려 절벽이 입을 벌리고 있는 비죽한 아가리의 어두운 심연으로 빨려들 것 같을 때, 시간은 납으로 된 무거운 양발을 질질 끌며 기어가는 것만 같았다. 그곳에서 도리언을 기다리는 것이 무엇일지 그는 알고 있었다. 아니, 실제로 그것이 무엇인지 그는 보았다. 순간 그는 온몸을 와들와들 떨며 땀으로 축축해진 손으로 뜨거워지는 눈꺼풀을 꾹 눌렀다. 할 수만 있다면 뇌에서 시각 신경을 없애 버리고, 눈동자를 그 동공 안으로 밀어 넣어 버리고만 싶었다. 하지만 소용없는 일이었다. 이미 뇌는 스스로 배불리 먹을 식량을 가지고 있었다. 또한 이로 말미암아 고통에 찌든 생명체처럼 괴이하게 변하고 이곳저곳으로 뒤틀리는 그의 상상력은 마치 무대 위의 어떤 흉한 꼭두각시처럼 어색하면서도 애처로운 표정의 가면 안에서 섬뜩한 미소를 지은 채 춤추는 듯했다.

이제 시간은 별안간 멈추어 버렸다. 느리게 호흡을 이어 가던 눈먼 괴물이 더 이상 기어 오지 않았다. 시간이라는 괴물이 죽어 버리자, 그의 섬뜩한 상상이 재빠르게 앞으로 뛰어가 그에게 소름 끼치는 미래를 보여 주었다. 도리언은 그것을 바라보다가 그만 공포로 몸이 굳고 있었다.

그때 문이 열리고 하인이 들어왔다. 도리언은 멍한 눈으로 하인을 바라보았다.

"캠벨 씨가 찾아오셨습니다, 나리."

그러자 바싹 말랐던 도리언의 입술 사이로 안도의 한숨이 흘렀다. 뺨은 생기를 되찾기 시작했다.

"프랜시스, 당장 안으로 모시고 들어오게."

그는 빠르게 본래의 모습을 회복한 듯했다. 겁에 질렸던 모습은 어느새 완전히 사라졌다. 잠시 후 앨런 캠벨이 딱딱한 표정을 지으며 안으로 들어왔다. 다소 창백해 보이는 그의 표정은 까만 머리카락과 눈썹 때문에 더욱더 대조적으로 보였다.

"앨런! 역시 올 줄 알았어. 와 주어서 정말 고마워."

"그레이, 나는 자네 집에 다시는 오지 않을 생각이었어. 하지만 자네가 생사가 걸린 문제에 놓여 있다기에 온 거야."

그는 너무나 냉랭하고 진중한 말투로, 느리고 신중하게 말했다. 도리언을 쳐다보는 그의 엄한 시선에는 경멸이 가득해 보였다. 그는 러시아의 아스트라한산 모직 외투 주머니에 손을 찔러 넣고는 그의 환대를 모른 척했다.

"앨런, 맞아. 내 생사가 걸린 문제야. 게다가 나뿐만 아니라 여러 사람의 생사가 걸려 있는 문제지. 자, 일단 앉아."

캠벨은 탁자 옆에 있는 의자에 앉았고, 도리언은 그의 맞은편에 자리했다. 둘의 시선이 마주쳤다. 도리언은 한없는 연민으로 그를 바라보았다. 그는 캠벨이 하게 될 일이 얼마나 끔찍한 일인지를 잘 알고 있었다.

잠시 긴장 상태의 침묵이 흐른 뒤, 도리언은 몸을 앞으로 기울였다. 그러고는 자신의 말 하나하나에 캠벨의 표정에 어떤 변화가 생기는지를 면밀히 관찰하며 말을 이었다.

"앨런, 이 집의 맨 위층에 있는 잠긴 방에, 나를 제외한 그 누구도 들어갈 수 없는 방 안에 한 남자가 죽은 채로 탁자에 앉아 있어. 그가 죽은 지 어느덧 10시간이 지난 듯해. 아아, 그런 표정으로 바라보지 마. 너무 놀라지도 말고. 그 남자가 누구인지, 어떻게 죽었는지는 자네가 신경 쓸 게 아니야. 자네가 할 일은……."

"그레이, 그만해! 더 이상 알고 싶지 않아. 자네 말이 사실이든 아니든 이제 나는 관심 없어. 자네 인생에 휘말리고 싶지 않으니까. 그렇게 무서운 비밀은 자네 혼자 간직하게. 나는 자네 비밀에는 조금도 관심이 없어."

"앨런, 조금만 관심을 가져 봐. 분명 흥미를 느낄 테니까. 자네에게는 미안하게 됐지만, 나에게는 별다른 방도가 없었어. 이제 자네가 할 일은 위층에 있는 시체를 없애 버리는 거야. 그 사람이 집 안으로 들어오는 모습을 누구도 보지 못했지. 실은 지금쯤 사람들은 그가 파리에 있다고 알고 있을 거야. 하지만 그의 행방불명을 사람들이 눈치챌 때쯤 이곳에서 그의 흔적이 발견되는 일은 없어야겠지. 앨런, 그러니 이제 자네가 그 남자와 그가 가졌던 물건들을 모두 내가 뿌릴 수 있는 재로 만들어 주게나."

"도리언, 정말 미쳤나?"

"오, 자네가 나를 도리언이라고 불러 주기를 바라고 있었어."

"단단히 미쳤어. 내가 자네를 조금이라도 도와줄 줄 알았나? 이런 엄청난 고백을 하다니! 정말 미친 짓이야. 어떤 일이든 나는 절대 관여하지 않을 거야. 내가 자네를 위해 내 명성을 더럽힐 거라고 생각했어? 그 악마의 작업이 대체 나와 무슨 상관이 있다는 거야?"

"자살이었거든."

"그나마 다행이네. 하지만 그가 목숨을 스스로 끊도록 몬 사람은 누구지? 분명 자네겠지?"

"내가 부탁한 일은 여전히 할 마음이 없는 거야?"

"당연하지. 절대 이 일에 끼어들지 않을 거야. 어떤 치욕스러운 일이 자네에게 닥치더라도 상관없어. 다 자네 탓이라고. 자네가 망신을 당하고 사람들에게 손가락질 당하는 꼴을 봐도 나는 털끝도 자네를 가엾게 여기지 않을 거야. 아니 어쩜, 그 수많은 사람 중에 내게 이런 부탁을 할 수 있지? 나는 자네가 그나마 인간의 심리에 대해서는 조금 더 잘 안다고 생각했는데, 그것도 아니었나 보네. 자네의 친구라는 헨리 워튼 경이 다른 건 다 알려 주어도 심리학은 가르쳐 주지 않은 모양이지? 어떤 것으로 나를 유혹하려 해도 나는 조금도 자네를 도와주지 않을 거야. 번지수를 잘못 찾은 듯한데, 차라리 자네 친구들한테 말해 보는 게 낫지 않겠어? 나한테 이럴 시간에 말이야."

"앨런, 사실 살인이었어. 내가 그를 죽였다고. 그동안 그가 날 얼마나 괴롭혔는지 자네는 모를 거야. 내가 어떤 인생을 살았든, 그는 내 인생의 좋거나 나쁜 영향을 미친 가없은 해리보다도 더 깊숙하게 나와 연관되어 있었어. 그도 그렇게 할 생각은 없었겠지만, 결과적으로는 이렇게 되고 말았지."

"살인이라고? 아아, 도리언! 이제 그런 일까지 저지르고 다니는 거야? 자네를 고발하지는 않겠어. 나는 이 일에 조금도 연루되고 싶지 않으니까 말이야. 하지만 내가 아무런 행동을 안 해도 곧 자네는 체포되고 말 거야. 하여튼 인간이란 죄를 저지르고는 이런 식으로 우를 범하려 한다니까. 어쨌든 나와는 전혀 상관이 없어."

"꼭 자네는 이 일에 연관되어야 해. 잠깐만, 잠깐만 기다려. 내 말 좀 들어 봐, 앨런. 그저 듣기만 하라고. 나는 그저 자네에게 어떤 과학 실험을 부탁하는 것뿐이야. 자네는 병원과 시체 안치소에 수없이 드나들면서도 그 끔찍한 일들에 아무 영향을 받지 않잖아. 소름 돋는 해부실이나 악취가 나는 실험실에서, 피가 흐르도록 파여진 붉은 홈이 있는 납 위의 수술대에서 이 남자가 누워 있는 걸 보더라도 자네는 놀라지 않겠지. 그저 훌륭한 실험 대상쯤으로 생각할 거야. 그러니 자네 또한 나쁜 짓을 하고 있다고 생각하지 않을 거야. 오히려 인류를 위해 공헌하는 일이라거나 세상 사람들에게 더 많은 지식을 깨닫게 해 준다거나, 아니면 자네의 지적 호기심을 충족시키는 그런 일을 하고 있다고 여길 테지. 사실 시체 하나 처리하는 것 정도는 자네에게 아무 일도 아니잖아. 또한 지금 내게 불리한 증거는 오직 그 시체뿐이야. 시체가 발견되면 나는 그날로 끝이라고! 자네가 지금 나를 도와주지 않는다면, 머지않아 누군가에게 들통 나고 말 거야."

"자네가 잊은 게 하나 있는 것 같은데, 나는 조금도 자네를 도와줄 마음이 없어. 이 모든 일은 내 관심을 끌지 못할뿐더러 나와 상관조차 없는 일이야."

"앨런, 내가 이렇게 빌겠네. 내가 지금 어떤 처지에 놓여 있는지 다시 한번 생각해 줘. 자네가 오기 전까지 나는 공포감으로 미쳐 버릴 것만 같았어. 자네도 내가 가지는 두려움이란 감정을 곧 깨닫는 날이 오겠지. 아, 아니야! 그런 생각일랑은 꿈에도 하지 말고. 이 문제는 그저 순수한 과학적 문제로 봐 줘. 자네는 실험용 시체가 어디로부터 오는지 조금도 신경 쓰지 않잖아. 지금도 마찬가지야. 물론 내가 너무 많은 사실을 털어놓기는 했지만…… 어쨌든 이 일을 도와줘. 제발. 앨런, 한때 우리는 친구였잖아."

"도리언, 지난 얘기는 하지 마. 그저 죽은 과거일 뿐이니까."

"때로는 죽은 것도 사라지지 않을 때가 있어. 위층에 있는 남자도 분명 사라지지 않겠지. 지금 그는 머리를 처박고 팔을 쭉 뻗은 채 탁자에 앉아 있으니까. 아아, 앨런! 자네가 나를 도와주지 않는다면 나는 순식간에 파멸로 이르게 될 거야. 사람들은 나를 교수형에 처하려 하겠지. 내 말 모르겠어? 나는 내가 저지른 짓 때문에 곧 교수형을 당하고 말 거야!"

"계속 이렇게 얘기해 봐야 소용없는 일이야. 나는 이 일과 관련된 그 어떤 조그만 일도 하지 않을 테니까. 내게 이런 말을 하다니, 자네도 참 제정신이 아니군!"

"내 말에 따르지 않겠다는 거야?"

"그래."

"앨런, 이렇게 간절히 부탁하네."

"소용없다니까."

그러자 도리언의 눈은 조금 전과 같은 한없는 연민으로 가득 찼다. 이내 그는 손을 뻗어 종이 한 장을 집고는 그 위에 무언가를 적어 내려가기 시작했다. 자신이 쓴 글을 다시 한번 읽은 그는 조심스럽게 종이를 접고는 테이블 맞은편으로 종이를 내밀었다. 그러고는 자리에서 일어나 창가로 향했다. 캠벨은 놀란 눈으로 그를 바라보다가 그가 내민 종이를 펼쳐서 읽었다. 순간 그의 얼굴이 사색이 되더니, 곧 그는 의자 뒤로 쓰러질 것처럼 털썩 주저앉았다. 끔찍한 기분이 엄습했다. 마치 심장이 텅 빈 구멍 안에서 스스로 고동치는 듯한 느낌이었다. 2, 3분 정도의 침묵이 흐른 뒤 도리언은 캠벨의 뒤로 다가와 어깨에 손을 얹으며 말했다.

"앨런, 미안하게 됐어. 하지만 자네가 도와주지 않으니 어쩔 방도가 없었다고. 이미 편지는 다 읽었겠지? 나를 도와주지 않는다면 나는 이 편지를 발송할 수밖에 없어. 그렇다면 그에 따르는 결과도 알 수 있겠지. 하지만 자네는 분명 나를 도와주리라 믿어. 이제 내 부탁을 거절하기 힘들 테니까. 나는 자네에게 폐를 끼치지 않기 위해 무척 노력했어. 하지만 자네는 단호하고 가혹할뿐더러 무례하게 나를 대했지. 여태껏 나를 이렇게 대했던 사람은 누구도 없었어. 적어도 살아 있는 사람 중에서는 그랬지. 자, 이제는 내게 주도권이 넘어온 것 같군."

캠벨은 양손에 얼굴을 묻고는 몸을 부르르 떨었다.

"알겠지? 이제 내가 조건을 제시할 차례라는 걸. 어떤 조건인지는 잘 알 거야, 앨런. 아주 간단한 일이니 그렇게 흥분하지 마. 어차피 해야 할 일이면 굳이 피하지 말고 용감히 나서

줘."

캠벨은 외마디 비명을 내뱉었다. 벽난로 위에 놓인 시계는 똑딱거리며 시간을 잘게 자른 끝에 견딜 수 없는 고통의 원자로 바꾸는 것만 같았다. 원자 하나하나는 너무나 끔찍해 버틸 수 없을 지경이었다. 마치 쇠고리가 이마를 서서히 옥죄는 듯했고, 자신을 위협하는 일이 당장에라도 닥친 것만 같았다. 그의 어깨 위에 놓인 손은 납덩이만큼이나 무거울 정도로 자신을 짓누르고 있었다.

"앨런, 당장 결정하게."

"나는 못 하네." 캠벨은 이 말로 상황이 바뀌리라고 여기며 단호히 말했다.

"꼭 해야만 하네. 선택의 여지가 없을 텐데. 더 이상 미루지 말게."

캠벨은 잠시 머뭇거리다 말을 이었다.

"위층 방에 불이 있을까?"

"그래, 석면 심지로 된 가스난로가 있어."

"일단 집에 다녀와야겠어. 실험실에서 도구를 가지고 와야 할 테니 말이야."

"안 돼. 이제 이 집을 떠나선 안 되네. 필요한 것이 있다면 메모지에 적어. 내가 하인에게 마차로 그것들을 가져오라고 할 테니."

그러자 캠벨은 서둘러 몇 줄을 쓰고는 봉투에 자기 조수의 앞으로 주소를 적었다. 도리언은 그가 쓴 메모지를 찬찬히 읽어 보았다. 그러고는 종을 치고 하인에게 메모지를 전해 주며, 최대한 빨리 이 물건들을 가지고 돌아오라는 지시를 내렸다.

현관문이 닫히는 소리에 화들짝 놀란 그는 자리에서 일어나 벽난로로 다가갔다. 그는 말라리아에 걸린 것처럼 심하게 몸을 떨었다. 그 후 두 사람 사이에 약 20분간의 침묵이 흘렀다. 파리 한 마리가 윙윙거리며 시끄럽게 날아다녔고, 시계가 똑딱거리는 소리는 망치를 두드리는 소리처럼 크게 들려왔다.

이윽고 1시를 알리는 종소리가 울리자, 캠벨은 도리언을 살며시 바라보았다. 그의 눈에는 어느새 한가득 눈물이 고여 있었다. 우아하고 청순하면서 슬픔으로 가득한 그의 얼굴을 보니 캠벨은 화가 치밀어 올랐다.

"너는 진짜 나쁜 놈이야! 정말 파렴치한 놈이라고."

"쉿, 조용히 해. 앨런, 자네는 지금 내 목숨을 구해 주는 거야."

"맙소사, 목숨을 구해 주다니! 목숨은 무슨 목숨인가! 자네는 이제 중한 범죄까지 저지르려는 거야. 내가 이 일을 하는 이유는 절대 자네의 목숨 때문이 아니야."

"아아, 앨런. 부디 내가 자네에게 느끼는 연민의 1,000분의 1만이라도 내게 연민을 가져 줘."

도리언은 한숨을 쉬며 이렇게 말하고는 바깥의 정원을 바라보았다. 캠벨은 아무 말도 할 수 없었다.

다시 10분 정도가 흐르자, 하인이 문을 두드렸다. 그러고는 철제와 백금으로 만든 한 다발의 철사, 특이한 모양새의 강철 조임쇠 두 개, 그리고 화학 약품이 담긴 마호가니 상자 하나를 가지고 들어왔다.

"나리, 이곳에 두면 될까요?"

"그래. 프랜시스, 미안한데 심부름 하나를 더 해 줘야겠어. 셀비에 난초를 공급한다는 리치먼드의 그 사람 이름이 뭐였더라?"

"하든입니다."

"아, 하든. 지금 당장 리치먼드로 가서 직접 하든을 만나 내 말을 전해 주게. 내가 애초에 주문했던 난초를 갑절로 보내주고, 되도록 하얀색 난초는 적게 보내 달라고 말이네. 내가 그 색의 난초를 별로 좋아하지 않거든. 프랜시스, 다행히 오늘은 날씨도 괜찮고 리치먼드도 아름다운 곳이니 이런 심부름을 시켜도 되겠지. 그렇지 않았다면 아예 시키지도 않았을 거야."

"괜찮습니다, 나리. 언제까지 돌아오면 될까요?"

도리언은 캠벨을 흘끗 보고는 차분한 목소리로 말했다.

"앨런, 실험이 얼마나 걸리려나?"

방 안에 제3자가 있다는 것이 도리어 그에게 뜻밖의 용기를 준 듯했다. 캠벨은 인상을 찡그린 채 입술을 깨물고는 말했다.

"한 다섯 시간 정도 걸릴 것 같아."

"프랜시스, 그렇다면 7시 30분 정도에 오면 괜찮을 것 같네. 아니다 싶으면 하룻밤 묵고 와도 괜찮네. 다만 가기 전에 내가 갈아입을 옷을 좀 챙겨 주고. 오늘 저녁은 자네 마음대

로 시간을 보내도록 해. 나도 집에서 저녁을 먹지 않을 테니
자네의 도움이 필요치도 않고."

"감사합니다, 나리." 하인은 방을 나서며 말했다.

"앨런, 이제 조금도 지체할 수 없어. 아, 이 상자는 왜 이렇
게 무거운 거야! 상자는 내가 들어 줄 테니 자네는 나머지 물
건들을 들고 오게."

도리언은 강압적인 태도로 서둘러 말했다. 캠벨은 도리언
의 손에 놀아나는 듯한 느낌이 들었다. 둘은 그렇게 함께 방
을 나섰다.

그들이 맨 위의 층계참에 다다르자, 도리언은 열쇠를 꺼내
고는 자물쇠에 넣고 돌렸다. 그때 도리언은 가만히 멈추어 섰
다. 그의 눈빛에는 곤혹스러운 기색이 역력했다. 그는 몸서리
를 치고는 나지막이 말을 건넸다.

"앨런, 나는 들어가지 못하겠어."

"괜찮아. 자네가 필요한 일은 아니니." 캠벨은 차갑게 말
했다.

도리언은 반쯤 문을 열었다. 그러고는 햇빛 사이로 자신을
흘겨보고 있는 초상화의 얼굴을 보았다. 초상화의 앞쪽 바닥
에는 뜯겨진 커튼이 놓여 있었다. 순간 그는 운명적인 캔버스
를 감추어야 한다는 것을 난생처음 잊었다는 사실이 떠올랐
다. 그는 얼른 달려가 초상화를 가려야겠다고 생각했지만, 몸
서리를 치며 뒤로 물러날 수밖에 없었다. 캔버스는 마치 피를
흘리는 것만 같았다. 대체 한쪽 팔에 젖어 있는 저 끔찍한 붉
은 방울은 무엇이란 말인가? 아아, 저것은 얼마나 무시무시

한 것인가! 이제 그에게는 탁자 위에 뻗어 있는 시체보다 저 초상화가 더 무섭게 느껴질 정도였다. 피로 얼룩진 카펫 위의 괴이한 모양의 그림자를 보니, 시체는 어젯밤 두고 나왔던 그 대로의 모습을 하고 있었다.

그는 다시 크게 심호흡을 하고, 문을 완전히 열어 방으로 들어갔다. 그는 시체에 조금의 눈길도 주지 않으려고 황급히 고개를 돌린 뒤 재빨리 안으로 들어가 금색과 자주색으로 된 커튼을 집어 캔버스 위에 똑바로 얹었다. 그러고는 차마 돌아서기가 두려워 그 자리에서 커튼의 정교한 문양을 뚫어지게 바라보았다. 뒤이어 캠벨이 무거운 상자와 철제 기구, 그리고 이 끔찍한 일을 하기 위해 필요한 여러 장비를 가지고 들어오는 소리가 들렸다. 도리언은 혹시 캠벨과 바질 홀워드가 이전에 만난 적이 있었는지, 만약 만났더라면 서로를 어떻게 여겼을지 궁금해졌다.

"이제 얼른 나가." 도리언의 등 뒤로 캠벨의 단호한 목소리가 들려왔다.

그는 서둘러 몸을 돌려서 나오다가 그만 시체가 의자 등받이 쪽으로 밀쳐지는 모습, 캠벨이 번들거리는 시체를 응시하는 모습을 보고 말았다. 그는 아래층으로 내려갔고, 위의 방문이 잠기는 소리를 들었다.

캠벨은 7시가 훨씬 지난 시각이 되어서야 서재로 돌아왔다. 얼굴은 너무나 창백해 보였지만, 침착한 모습이었다.

"자네가 부탁한 일은 다 끝났으니 이제 가겠어. 절대 다시는 만날 일이 없었으면 좋겠네."

"앨런, 자네가 나를 파멸에서 구해 준 거야. 이 일은 평생 잊지 않을게." 도리언은 솔직한 마음을 그에게 전했다.

캠벨이 집 밖으로 나가자 도리언은 황급히 위층으로 뛰어 올라갔다. 방 안은 지독한 질산 냄새로 가득했지만, 탁자에 몸을 기대고 있었던 시체는 감쪽같이 사라져 버렸다.

15

그날 밤 8시 30분, 도리언 그레이는 아주 멋진 옷을 차려입고 커다란 단춧구멍에 제비꽃 몇 송이를 꽂고는 하인들의 안내를 받아 나버러 부인의 저택에 도착했다. 너무나 흥분한 상태이거니와 신경은 극도로 예민해져 이마는 욱신거렸지만, 부인의 손에 허리를 굽혀 입을 맞출 때는 더할 나위 없이 온화하고 여유가 넘쳐 보였다. 어쩌면 사람은 어떤 역할을 잘 해내려 할 때 여유가 생기는 법인지도 모른다. 그날 밤에 도리언 그레이를 마주한 사람들이라면, 누구라도 그가 우리 시대의 어떤 비극 못지않게 끔찍한 비극을 겪었다는 사실을 생각지는 못했을 것이다. 그토록 섬세한 손가락이 나이프를 움켜쥔 채 끔찍한 죄를 저지르리라고는, 아름다운 미소가 깃든 저 입술이 신과 선을 향해 저주를 퍼부었으리라는 생각은 아무도 하지 못했으리라. 도리언 자신도 스스로의 침착함에 놀라면서 순간 이중생활의 짜릿한 쾌감을 맛보기도 했다.

이날의 모임은 나버러 부인이 급하게 준비한 약소한 파티
였다. 그녀는 대단히 현명한 여인이었지만, 헨리 경의 말처럼
정말 지독하게도 못생긴 외모를 물려받은 인물이었다. 그녀
는 영국에서 따분한 데다 말이 많기로 유명한 대사를 남편으
로 두어 아내 역할을 훌륭히 수행했으며, 남편이 죽은 후에는
자신이 직접 고안한 대리석 무덤에 남편을 잘 안치해 두었다.
나이가 많지만 부유한 남자들에게 딸들을 시집보내기도 했
다. 또한 요즘 그녀는 프랑스의 소설과 요리에 푹 빠져 있었
고, 기회가 닿을 때마다 프랑스식 재치를 터득하기 위해 애쓰
고 있었다.

도리언은 나버러 부인이 각별히 좋아하는 사람 무리에 속
했다. 그녀는 도리언을 만날 때마다 젊었을 때 그를 만나지
못한 것이 다행이라며 이렇게 말하고는 했다.

"그랬다면 나는 아마 미친 사람처럼 당신을 쫓아다녔겠지
요. 아마 당신을 위해서라면 나는 물방앗간에서 보닛이고 뭐
고 다 벗어 버렸을 거예요. 그때 당신에게 빠져 있지 않은 게
어떻게 보면 천만다행이지요. 사실 그 시절에 우리 같은 사람
들이 주로 쓰던 보닛은 너무나 볼품없었고, 방앗간은 정신없
이 돌아가느라 여념이 없었으니 어느 남자와 이렇다 할 연애
를 나눌 시간도 없었지요. 그런데 사실 이건 다 나버러의 잘
못인지도 몰라요. 그 양반은 너무나 심각한 근시였거든요. 앞
도 제대로 보이지 않는 사람을 속이고 바람을 피워 봐야 무슨
재미가 있겠냔 말이에요."

그가 이번 파티에 초대한 사람들은 하나같이 재미없는 사

람들이었다. 나버러 부인은 너덜거리는 부채로 입을 가린 채 도리언에게 말했다. 자신의 딸 중 하나가 갑자기 자신의 집에 머무르게 되어 파티를 열게 되었다는 것이다. 심지어 그녀의 사위까지 이곳으로 와 함께 지내게 되었다고 한다.

"내 딸이지만 정말 고약한 애라니까요. 물론 나도 매년 여름 함부르크를 갔다 돌아올 때면 종종 딸의 집에서 머무르곤 하지요. 나이 든 여인들은 가끔 신선한 공기를 마실 필요가 있으니까요. 게다가 그곳에 있노라면 내가 딸들을 종종 깨우쳐 주기도 하지요. 당신은 그 아이들이 시골에서 어떻게 생활하는지 잘 모를 거예요. 정말 순수하기 그지없는 시골의 일상이지요. 할 일이 많기에 일찍 일어나고, 생각할 일이 없기에 일찍 잠들지요. 심지어 엘리자베스 여왕 때 이후로 마을 부근까지 그 어떤 추문 하나 일어난 적이 없었다니까요. 그러니 저녁을 먹고 난 이후에는 자는 것밖에 해야 할 일이 없는 것이지요. 그러니 저런 애들 옆에 앉지 말고, 내 옆에 앉아 나를 즐겁게 좀 해 줘요."

도리언은 그녀의 비위를 적당히 맞추다가 주변을 둘러보았다. 정말 지루해서 미칠 것만 같은 곳이었다. 손님 중 두 명은 처음 보는 사람들이었고, 그 중에는 평범한 중년 남자 어니스트 해로든이 있었다. 그는 런던의 클럽에서 흔히 볼 수 있는, 이렇다 할 적은 없지만 친구들에게 미움을 받는 남자였다. 또 다른 인물인 럭스턴 부인은 매부리코를 지녔고 47세의 나이에 조금 과하다 싶을 정도의 옷 치장을 한 여인이었다. 그녀는 늘 추문에 얽히고 싶어 애쓰는 편이었지만, 워낙 못생겼던 탓에 누구도 그녀가 추문의 주인공이 되리라는 생각을 하지 않았다. 또한 검붉은 머리카락이 인상적인 얼린 부인도 있었는데, 그녀는 너무나 해맑은 표정과 혀 짧은 소리로 이곳저곳의 대화에 끼어들어 주절거리고 있었다. 나버러 부인의 딸인 엘리스 채프먼 부인은 전형적인 영국 사람의 얼굴을 지녔는데, 그녀는 한 번 보고 난 뒤에 좀처럼 얼굴이 기억나지 않을 정도로 촌스럽고 아둔하게 생긴 젊은 사람이었다. 그녀의 남편은 붉은 뺨과 하얀 구레나룻을 지녔는데, 그는 같은 계급의 사람들이 흔히 생각하는 것처럼 아둔한 머리를 오로지 시도 때도 없는 농담으로 무마할 수 있다고 여기는 사람이었다.

도리언이 파티에 온 것을 후회하고 있을 때쯤 나버러 부인이 자주색 덮개를 씌운 벽난로 선반 위에서, 부드러운 곡선을 뽐내는 크나큰 시계를 보며 외쳤다.

"이런, 헨리 워튼이 많이 늦으려는 모양이네요. 내 이럴까 봐 이른 아침부터 사람을 보냈는데, 그는 절대 나를 실망시키지 않겠다고 단언했건만!"

그가 온다는 말에 도리언은 어느 정도 위안을 얻었다. 이윽고 느릿느릿 노래를 부르는 것 같은 매력적인 해리의 목소리가 들려왔다. 그는 건성건성 사람들과 인사를 나누고 성의 없는 사과를 늘어놓는 듯했다. 그 소리를 들으니 도리언은 지루했던 기분이 순식간에 사라져 버렸다.

하지만 도리언은 어떤 만찬도 먹을 수 없었다. 그는 나오는 접시마다 제대로 먹지 않고 그대로 돌려보냈다.

"당신을 위해 특별 메뉴를 짠 가엾은 아돌프에 대한 모욕

이에요!"

그녀는 도리언이 그럴 때마다 이렇게 말하며 그를 나무랐다. 맞은편에 앉은 헨리 경은 그저 멍하니 앉아 있는 그를 이상하다는 듯이 바라보았으며, 집사는 잔이 빌 때마다 그에게 샴페인을 채워 주곤 했다. 그는 주는 대로 샴페인을 들이켰지만, 그럴수록 갈등은 점점 더 심해지는 것만 같았다.

소스를 두른 냉육(冷肉)이 나올 때, 마침내 헨리 경이 그를 보며 말을 건넸다.

"도리언, 무슨 일이라도 있나? 기분이 꽤나 안 좋아 보이는군."

그러자 나버러 부인이 별안간 큰 소리로 말했다.

"사랑에 빠진 것이겠지요. 혹시 내가 질투할 것 같아서 말하기를 주저하는 모양인 듯한데, 맞아요. 그렇다면 분명 나는 그 사람을 질투할 테지요."

"하하, 친애하는 나버러 부인. 저는 지난 일주일 내내 사랑 같은 걸 해 본 적이 없답니다. 심지어 페롤 부인이 런던을 떠난 이후로 단 한 번도 사랑에 빠진 적이 없었습니다."

그러자 나버러 부인은 탄식하며 외쳤다.

"아아, 어떻게 남자들이 그 여인과 사랑에 빠지는지 저는 당최 알 수 없네요. 정말 이해가 안 가요."

그러자 헨리 경이 말했다.

"부인, 그 이유는 아마 그녀가 부인의 어린 시절을 기억하기 때문일 겁니다. 그녀와 부인께서 어렸을 때 입곤 했던 짧은 드레스, 그것은 우리를 이어 주는 일종의 고리인 셈이지요."

"헨리 경, 그녀는 내가 입었던 짧은 드레스 같은 건 전혀 기억하지 못할 거예요. 하지만 나는 30년 전 오스트리아 빈에 있었을 때 그녀의 모습을 정확히 기억하고 있어요. 그때 그녀가 얼마나 가슴이 파인 옷을 입었는지 너무나 또렷이 기억나지요."

그 말에 헨리 경은 긴 손가락으로 올리브 한 알을 집으며 말했다.

"페롤 부인은 지금도 가슴이 많이 파인 옷을 입는답니다. 그렇게 세련된 가운을 입을 때면 마치 그녀의 모습은 싸구려 프랑스 소설을 호화롭게 겉표지로 싼 것 같아 보이지요. 아, 물론 그녀는 실제로도 굉장히 멋진 분입니다. 사람들을 깜짝 놀라게 만드는 재주도 있고, 특히 가족을 향한 애정은 각별하니까요. 특히 세 번째 남편이 죽었을 때는 어찌나 슬퍼하던지 글쎄 부인의 머리카락이 금발로 변했다고 하네요."

"해리, 어떻게 그런 말을!" 도리언이 말을 끊으며 외쳤다.

"에이, 너무나 낭만적인 이야기인데 왜 그러나요." 주인은 웃으면서 말을 이었다.

"그런데 헨리 경, 세 번째 남편이라고 했나요? 그렇다면 페롤이 네 번째란 말이지요?"

"그렇습니다."

"아아, 그 말은 정말 단 한 마디도 믿을 수 없네요."

"그렇다면 그레이 씨에게 다시 물어보시지요. 저 친구가 그 부인과 절친했던 사이였으니까요."

"그레이 씨, 저 말이 다 사실인가요?"

"맞습니다. 저에게 직접 해 준 이야기지요. 제가 그 친구에게 이렇게 물었던 적이 있어요. 마르그리트 당굴렘(프랑스의 작가)처럼 남편의 심장을 방부 처리해서 거들에 들고 다닐 것이냐고 말이지요. 하지만 그녀는 남편들 중에 제대로 된 심장을 가진 사람이 없었기에 그렇게 하지 못했다고 말하더군요."

"네 명의 남편이라니! 정말 대단하네요."

"저는 그녀에게 대담하다고 말해 주었지요."

"아, 그녀는 정말 철면피 같은 여인이네요. 그나저나 페롤이라는 분은 어떤 사람인가요? 나는 그 사람에 대해서는 잘 몰라요."

"아름다운 여인의 남편은 대개 범죄 집단에 속하는 법이지요." 헨리 경은 포도주를 홀짝이며 말했고, 부인은 부채로 그를 가볍게 때리며 말했다.

"헨리 경, 세상이 당신을 더없는 악인이라고 칭하는 게 허튼소리는 아니군요."

"대체 어떤 세상이 그런 말을 하는 건가요?" 헨리 경은 눈썹을 치켜뜨며 말을 이었다.

"아마 다음 세상에서나 그런 말이 나올 것 같습니다. 저는 지금의 세상과는 너무나 사이가 좋으니까요."

"글쎄요. 내가 아는 사람들은 하나같이 당신더러 사악한 인간이라고 말하더군요."

부인이 고개를 저으며 이렇게 말하는 것을 보며, 헨리 경은 잠시 심각한 표정을 짓더니 이내 말을 이었다.

"하여간 요즘 사람들은 너무나 뻔한 이야기마저 등 뒤에서 험담하듯 말하고 돌아다니는지 참 어이가 없네요."

"도리언은 누가 보아도 구제 불능이지 않나요?" 도리언은 의자에 앉은 채 가볍게 몸을 앞으로 기울이며 말했다.

"구제하지 말고, 그냥 저 상태로 내버려 두라고 하세요. 하지만 당신들이 어이없게도 여전히 페롤 부인을 추앙하려 든다면 나도 다시 결혼 상대를 찾아야겠네요. 더구나 그것이 요즘의 풍속이라면 말이지요." 주인은 웃으면서 말했다. 그 말에 헨리 경이 끼어들며 말했다.

"나버러 부인, 아마 부인께서는 절대 재혼하지 못하실 겁니다. 첫 결혼이 너무 행복하셨으니까요. 여인이 재혼하는 이유가 있다면 그건 첫 남편이 지독히도 싫었기 때문이겠지요. 반면 남편이 재혼하는 이유가 있다면 그건 첫 부인을 너무나 사랑했기 때문이고요. 여인들은 자신의 운을 시험하지만, 남자들은 그저 자신의 운을 내팽개치고 말지요."

"나버러가 완벽한 남편은 아니었어요."

"나버러가 완벽한 분이었다면 부인은 아마 그분을 사랑하지 않으셨을 겁니다. 여인들이 대개 남자를 사랑하는 이유는 남자들이 결점을 가지고 있기 때문이지요. 여인들은 남자의 결점은 무엇이든 다 용서할 마음이 있습니다. 심지어 머리가 아둔한 것까지도 말이지요. 부인, 제가 이런 말씀을 드리면 다시는 부인께서 저를 이 자리에 초대하지 않으실지도 모르지만 이 말은 분명한 사실입니다. 절대 틀린 말이 아니지요."

"헨리 경, 물론 맞는 말이에요. 만약 여인들이 남자의 결점을 품어 주지 않는다면 모두 어떻게 됐을까요? 모두 결혼은 꿈도 꾸지 못하고, 남정네들은 하나같이 불행한 독신이 됐을 테지요. 하지만 그렇다고 남자들이 별로 바뀌는 것도 아니에요. 심지어 요즘엔 결혼한 남자들이 독신자 행세를 하고, 독신 남자들이 기혼자 행세를 하고 다니니까요."

"세기말이라서 그런가 보지요." 헨리 경이 중얼거렸다.

"정말 말세네요." 주인이 답했다.

"차라리 말세라면 좋겠어요. 어차피 삶은 온통 절망으로 가득 차 있으니까요." 도리언이 한숨을 쉬며 말하자, 부인은 장갑을 낀 채 큰 소리로 말했다.

"오, 설마 인생을 다 살았다는 뜻은 아니겠지요? 남자가 그런 말을 한다는 것은 곧 삶이 당신을 너무나 지치게 만들었다는 뜻이지요. 하지만 당신은 원체 착한 사람이니 조금 다를 거예요. 그러니 이렇게 멋진 외모를 신이 준 것이겠지요. 헨리 경, 어서 도리언에게 좋은 배필을 찾아 주면 좋겠어요. 이제 결혼해야 할 때인 것 같은데요."

"부인, 저도 도레이 씨에게 늘 결혼하면 좋겠다고 얘기하고 있습니다."

"그렇다면 우리가 나서서 그에게 어울리는 짝을 찾아 주기로 하지요. 오늘 밤에는 내가 『디브레트 귀족 연감』을 샅샅이 훑어보고 좋은 사람들을 일일이 적어 볼게요."

"부인, 혹시 그 책에 나이도 기재되어 있나요?" 도리언이 물었다.

"당연하지요. 물론 실제와 조금 다르게 나와 있겠지만요.

하지만 무슨 일이든 서두르려 하지 말아요. 나는 〈모닝 포스트〉 지에서 언급했던 대로 잘 어울리는 결혼이 성사되기를 바라고 있으니까요. 두 사람이 모두 행복한 결혼 생활을 누려야겠지요."

"사람들이 종종 말하는 행복한 결혼이라는 말은 다 부질없는 말이에요!" 헨리 경은 그 말에 큰 소리로 외치고는 말을 이었다.

"남자는 어떤 여인과도 행복해질 수 있어요. 그 여인에 대한 마음을 접을 때까지 말이지요."

"아, 정말 당신은 너무나 냉소적인 사람이군요!"

부인은 의자를 뒤로 밀고는 럭스턴 부인에게 고개를 끄덕이며 말을 건넸다.

"조만간 우리 집에서 저녁을 함께 드시지요. 당신은 정말로 상대방의 기운을 북돋아 주는 재능이 있으니까요. 앤드루 경이 처방하는 약 따위보다 훨씬 낫지요. 하지만 어떤 사람들과 어울리고 싶은지 미리 저에게 귀띔해 줘요. 이왕이면 유쾌한 모임이 되어야 할 테니까요."

"저는 미래가 있는 남자, 과거가 있는 여인이면 좋겠어요. 아니면 여인들만 모이는 파티로 만들면 어떨까요?"

"그렇게 될 것 같아 걱정이네요. 어머나, 미안해요. 아직 담배를 다 못 피우신 걸 몰랐네요."

"괜찮아요. 제가 담배를 좀 많이 피우는 편이거든요. 하지만 미래를 위해 이제는 조금 줄여볼까 생각은 하고 있어요."

그러자 헨리 경이 대화에 끼어들며 말했다.

"부인, 제발 그러지 마세요. 절제는 치명적인 것이니까요. 적당한 것은 마치 한 끼 식사처럼 나쁜 것이지요. 오로지 넘치는 것이야말로 잔칫상만큼 좋은 것이고요."

그 말에 럭스턴 부인은 호기심 가득한 눈빛으로 헨리 경을 바라보며 속삭이듯 말했다.

"헨리 경, 한번 우리 집에 오셔서 그 말씀을 설명해 주시는 건 어떤가요? 꽤나 흥미로워 보이는 이론이군요." 그녀는 치마를 끌며 살며시 방을 나갔다. 문 앞에 있던 나버러 부인은 다시 큰 소리로 외쳤다.

"자, 이제 정치나 추문 같은 이야기는 그만하지요. 그 이야기를 너무 오래 하다 보면 우리는 곧 위층에서 언쟁을 벌이고 말 거예요."

그 말에 대부분 남자는 웃었지만, 채프먼 씨는 진지한 표정을 지으며 식탁 끝자리에서 맨 윗자리 쪽으로 자리를 옮겼다. 도리언 또한 자리를 옮겨 헨리 경의 옆에 앉았다. 그때 채프먼 씨가 별안간 영국 하원의 현 상황에 대해 일장 연설을 늘어놓기 시작하더니, 자신의 정적(政敵)에 대해 이야기할 때는 크게 웃어 대기도 했다. 그는 말할 때마다 공론가(空論家)라는 단어를 자주 썼는데, 그것은 대부분 영국인에게 공포를 불러일으키는 단어였다. 또한 그는 첫 글자의 발음이 같은 단어를 반복해 사용하면서 자신의 웅변이 더욱더 멋지게 들리도록 했다. 그는 사상의 정점에서 유니언 잭(영국의 국기)을 들어 올렸다. 그의 말에는 영국인들이 유산으로 물려받은 아둔함이 영국 사회의 든든한 보루인 듯한 느낌이 묻어났다. 그는 자신의 말에 도취되어 그 아둔함을 영국인들의 지극히 건전한 상식이라 말하기도 했다.

헨리 경은 그를 보며 미소를 짓다가 고개를 돌려 도리언을 보고는 말했다.

"이제 기분은 좀 나아졌나? 조금 전 식사 때는 너무나 불안해 보였는데 말이야."

"조금 피곤했나 봐요. 이제는 괜찮아요, 해리."

"어젯밤 자네는 너무나 멋졌어. 그 자그마한 공작 부인께서 자네에게 푹 매료된 모양이더군. 언제 한번 셀비에 직접 가 보겠다고도 하셨지."

"20일쯤 오겠다고 하셨어요."

"먼머스도 함께 온다고 했나?"

"아, 맞아요."

"그때 정말 먼머스 때문에 지루해 죽는 줄만 알았네. 공작 부인도 나와 같은 기분이었지. 어쨌든 공작 부인은 정말 지혜로운 분 같았어. 조금 과도하다 싶을 만큼 영리해 보였지. 너무 똑똑함을 지니다 보니 연약함이 주는, 뭐라 설명하기 힘든 매력은 없는 편이지. 자고로 금으로 된 성상(聖像)을 고귀해 보이게 하는 건 진흙으로 된 발인 법이야. 그녀의 발은 너무나 아름답지만, 진흙으로 만든 것은 아닌 듯하네. 마치 하얀 도자기로 만든 발 같았지. 다시 말해 그 발은 뜨거운 불을 견뎌 낸 것이지. 불은 그 발을 파괴한 것이 아니라 오히려 더 단단하게 만든 것이지. 그녀는 너무나 많은 걸 경험한 인물이네."

"그녀는 결혼하신 지 얼마나 되었나요?"

"영접의 세월이겠지.『귀족 연감』에 따르면 10년인 것으로 나와 있지만, 먼머스와 10년을 산 것이라면 분명 영접처럼 느꼈을 만하지. 그런데 그날 누가 더 오기로 예정돼 있나?"

"음, 윌러비 부부와 럭비 경 내외, 우리 안주인과 제프리 클러스턴, 뭐 평소에 모이곤 하는 그런 분들이지요. 아, 그로트리언 경도 오시라고 했어요."

"아, 그분은 내가 꽤 좋아하는 사람이지. 물론 대다수 사람은 마뜩찮게 여기겠지만, 나는 그 친구에게 호감이 가더군. 어쩌다 멋을 과도하게 부리려 할 때도 있지만, 그래도 늘 배우려는 자세를 보이려는 친구지. 다분히 현대인이라고 부를 만한 그런 사람이지."

"해리, 그분이 오실지는 확실치 않아요. 자신의 아버지와 모나코의 몬테카를로에 갈 수도 있다고 했거든요."

"아, 가족이란 정말 성가신 존재라니까! 최대한 그가 오도록 노력해 봐. 그나저나 어젯밤에는 왜 그리 빨리 간 건가. 11시도 안 돼서 가던데, 그 이후에는 바로 집에 간 건가? 아니면 뭘 한 건가?"

도리언은 헨리 경을 힐끗 쳐다보다가 이내 얼굴을 찡그리며 말했다.

"아니요. 거의 3시가 다 되어 간 것 같은데요."

"클럽에라도 간 건가?"

"그렇지요." 도리언은 이 말을 하다가 입술을 깨물었다.

"아, 아니에요. 클럽에 가지는 않았어요. 그저 이곳저곳을 돌아다녔는데 정확히 제가 뭘 했는지는……. 그런데 해리, 왜 그리도 꼬치꼬치 캐물으시는 거지요? 당신은 언제나 누가 어떤 일을 하는지 궁금해하는군요. 저는 그런 건 하루빨리 잊어버리고 싶은데 말이지요. 정확한 시각이 궁금하신 건가요? 그래요, 어젯밤 2시 30분쯤에 집으로 갔어요. 제가 현관문 열쇠를 깜빡하고 나오는 바람에 하인이 문을 열어 주었으니까요. 증거를 찾고 싶다면 당장 하인에게 가서 물어보세요!"

헨리 경은 고개를 갸웃하더니 말했다.

"도리언, 내가 자네에 대해 하나하나 알고 싶어 하는 건 아니네. 채프먼 씨. 이제 셰리(주로 에스파냐에서 생산되는 백포도주)는 그만 마시지요. 자, 우리는 위층으로 올라가지. 도리언, 대체 무슨 일인 건가. 말해 보게. 오늘 밤은 여느 모습보다 영 딴판인데 말이야."

"해리, 마음 쓰지 않으셔도 돼요. 제가 오늘 신경이 조금 예민해진 모양이에요. 내일이나 모레쯤 들를게요. 나버러 부인께는 잘 말씀드려 주세요. 위층에는 도저히 못 가겠어요. 이제 그만 집에 가야 될 것 같아요. 집으로 가야겠어요."

"알겠네. 자네 뜻대로 하게. 그럼 내일 차를 마실 때쯤 다시 보지. 아마 공작 부인도 자리할 걸세."

"알겠어요. 되도록 그때쯤 가 볼게요." 그는 밖으로 나가며 말했다.

도리언은 마차를 타고 집으로 돌아오면서, 잠시 사라졌다고 생각했던 공포가 다시 찾아온 듯한 기분이 들었다. 헨리 경이 무심코 던졌던 질문에 순간 간담이 서늘해진 것이다. 그는 다시 신경이 안정되기를 바라기도 했다. 얼른 주변에 있는 위험한 물건들을 없애야겠다는 생각이 들자, 그는 또다시 움찔했다. 그 물건들에 손을 댄다는 생각만 해도 끔찍했던 것이다. 하지만 그는 꼭 해야만 하는 일이라는 사실을 깨달았다. 집에 도착한 그는 서재의 문을 잠근 뒤, 바질의 외투와 가방을 쑤셔 넣었던 비밀 옷장을 열었다. 그는 활활 타오르는 벽난로의 불길 위에 장작을 더 올렸다. 이내 옷은 그을렸고, 가죽이 탈 때 나는 지독한 냄새가 났다. 모두 재가 되는 데는 45분 정도가 걸렸다. 그 일을 모두 마치자 도리언은 갑자기 메스꺼움과 현기증을 느꼈다. 그는 구멍이 뚫린 구리 향로에 알제리 향을 피우고는 사향 냄새가 나는 찬 식초로 손과 이마를 닦았다.

그러다가 그는 별안간 깜짝 놀라 두 눈을 희번덕거리며 입술을 깨물었다. 창문과 창문 사이에 놓인 피렌체 양식으로 된 장식장 때문이었다. 그것은 흑단(黑檀)으로 만들고 상아와 청금석으로 상감해 완성한 것이었다. 도리언은 그것이 사람을 두렵게 만드는 물건이라도 되는 것처럼 그것을 바라보았다. 혹시 장식장 안에 자신이 원하면서도 동시에 끔찍하게 생각하는 물건이 들어 있지는 않을까 생각하며 그는 유심히 그것을 바라보았다. 갑자기 호흡이 빨라졌고, 주체하지 못하는 욕망이 일었다. 그는 마음을 가라앉히기 위해 담뱃불을 붙였지만, 이내 바닥에 던져 버렸다. 눈꺼풀은 너무나 축 처져서 당장이라도 뺨에 닿을 것만 같았음에도 그는 여전히 장식장만을 바라보았다. 마침내 누워 있던 소파에서 일어난 그는 장식장으로 다가가 문을 열고 감춰져 있던 용수철에 손을 댔다. 그러자 삼각형 모양의 서랍이 서서히 앞으로 튀어 나왔다. 그는 본능적으로 서랍을 뒤지더니 그 안에서 무언가를 손에 꼭 쥐었다. 그것은 검은색 가루와 금가루 옻칠을 하고 정교한 무늬가 새겨진 자그마한 중국제 상자였다. 옆쪽에 완만한 파도 무늬가 새겨져 있던 그 상자는 꼬아서 만든 금색 실로 술 장식이 되어 있었고, 동그란 수정이 달린 비단 끈으로 묶여 있었다. 마침내 그는 상자를 열었다. 그 안에는 밀처럼 윤이 나는 초록색 반죽이 있었는데, 특유의 진득한 냄새는 지독한 향을 풍겼다.

잠시 머뭇거리던 그는 곧 괴이한 미소를 지었다. 방 안의 공기는 너무나 더웠지만, 그는 추운 것처럼 몸을 부르르 떨었다. 12시가 되기 20분 전임을 확인한 그는 상자를 다시 집어넣고 장식장 문을 닫고는 침실로 향했다.

청동 종이 자정을 알리며 어슴푸레한 밤공기를 가르던 때였다. 도리언은 수수한 옷차림에 목도리를 두르고는 조용히 집을 빠져나왔다. 본드 가에서 좋은 말이 끄는 2인승 마차를 본 그는 마부를 불러 세운 뒤 주소를 말했다.

"너무 먼데요." 마부는 고개를 가로저으며 중얼거렸다.

"1파운드 금화를 주겠소. 빨리 도착한다면 하나를 더 주지."

"알겠습니다, 나리. 한 시간 안에는 도착할 겁니다." 마부는 서둘러 요금을 받은 다음, 말을 돌려 재빨리 강을 향해 달리기 시작했다.

16

    차가운 빗방울이 떨어지고, 가로등은 자욱한 안개 속에서 유령처럼 흐릿한 불빛을 내고 있었다. 막 문을 닫으려는 술집들 주변으로 여러 남자와 여자들이 입구 주변에 삼삼오오 무리 지어 있는 모습이 보였다. 어떤 술집에서는 소름 돋는 웃음소리가 들렸고, 또 어떤 술집에서는 주정뱅이들이 고래고래 고함을 지르며 싸우는 소리도 들렸다.

    이마까지 모자를 푹 눌러쓰고 마차 안 의자에 누워 있던 도리언은 이 거대한 도시 안에서 일어나는 추태를 피곤한 눈으로 바라보고 있었다. 그는 문득 헨리 경을 처음 만났던 날 그가 들려주었던 말을 곱씹어 보았다. '영혼만이 감각을 치유할 수 있는 것처럼 감각만이 영혼을 치유할 수 있는 법'이라는 말. 그렇다. 바로 이것이 비결이었다. 그는 종종 이 비법을 시도해 보았고, 지금 또다시 시도해 볼 참이었다. 누구나 자신의 기억을 망각할 수 있는 아편굴, 새로운 죄악에 대한 광기로 빛바랜 죄악의 기억을 씻어 버릴 수 있는 섬뜩한 소굴을 가지고 있는 법이니까.

하늘에는 해골 같은 누런 달이 낮게 걸려 있었다. 가끔은 끔찍하게 생긴 큰 구름이 긴 팔을 뻗어 달을 가리기도 했다. 불이 켜진 등불이 차츰 줄면서 거리는 점점 더 좁아지고 음산해졌다. 마부는 한 차례 길을 잃어 1km가량을 돌아갔다. 흙탕물로 가득한 웅덩이를 내달리는 말의 등에서는 김이 모락모락 솟아올랐다. 마차의 창은 마치 얇은 회색빛의 천처럼 드리운 안개로 흐려져 있었다.

'영혼만이 감각을 치유할 수 있는 것처럼 감각만이 영혼을 치유할 수 있는 법'이라니! 이것은 지금 그의 귓가에 얼마나 생생하게 울려 퍼지고 있는가! 감각이 영혼을 치유할 수 있다는 말은 과연 사실일까? 필시 그의 영혼은 깊게 병들어 있었다. 무고한 사람들이 피를 흘린 것을 무엇으로 보상할 수 있겠는가? 아아, 절대 속죄할 수 없는 것이었다. 하지만 결국 끝내 용서를 받지 못한다고 하더라도 우리는 언제든지 망각할 수 있다. 결국 그는 잊어버리자고 생각했다. 과거의 일에 대한 기억을, 사람을 무는 살무사를 짓밟는 것처럼 짓이겨 버리자고 다짐한 것이다.

도리언은 바질이 자신에게 해 주었던 말을 떠올렸다. 그는 대체 무슨 권리로 그런 말을 내뱉은 것인가! 누가 바질에게 다른 이를 판단할 수 있는 권리를 부여했단 말인가! 극악무도하고 도저히 참을 수 없는 말을 한 사람은 다름 아닌 바질이었다.

마차는 쉼 없이 달렸지만, 어쩐지 그는 말이 점점 빠르게 달릴수록 점점 느려지는 것만 같은 기분이었다. 그래서 칸막이를 들어 올려 마부에게 좀 더 빨리 달리라고 독촉했다. 아편을 향한 끔찍한 욕망이 그를 다그치기 시작했다. 갈증은 점점 심해졌고, 부드러운 두 손은 이따금 경련을 일으켰다. 그는 지팡이를 들어 미친 듯이 말을 후려치기 시작했다. 그를 본 마부는 웃으며 말에게 채찍을 휘둘렀다. 도리언은 웃었지만 마부는 웃음을 그쳤다.

길은 끝도 없이 이어지는 것 같았다. 이제 그에게 거리는 이리저리 기어 다니는 거미가 쳐 놓은 까만 거미줄 같았다.

시간이 흘러 마차는 외진 곳에 있는 벽돌 공장을 지나갔다. 안개가 엷어지자 괴이하게 생긴 병 모양의 벽돌 가마가 보였다. 그 가마 안에는 오렌지색 부채 같은 불길이 환히 타오르고 있었다. 그들이 지나갈 때는 개 한 마리가 맹렬히 짖어 댔고, 어둠 속에서 이곳저곳을 날아다니는 갈매기 또한 날카롭게 울어 댔다. 말은 길에 파여져 있던 바큇자국에 빠져 잠시 비틀거리다가 이내 옆으로 빠져나와 다시 전속력으로 달리기 시작했다.

이제 마차는 황토로 된 길을 벗어나 거칠게 포장된 길을 다시 덜컹거리며 달렸다. 대부분 창문은 불이 꺼져 있었지만, 가끔 램프 빛이 바깥으로 흘러나와 환상적인 그림자를 만들어 내는 곳도 있었다. 도리언은 신기한 눈빛으로 그 그림자를 바라보았다. 마치 괴이한 꼭두각시처럼 움직이는 그림자들은 생명체 같기도 했다. 그는 그 모습이 끔찍하게도 싫었다.

또다시 마음속에서 걷잡을 수 없는 분노가 치밀었다. 어떤 모퉁이를 돌자 웬 여인이 문을 열고는 마차를 향해 소리를 질렀고, 두 남자가 약 100m 정도 마차를 뒤따라왔지만 마부는 채찍을 휘두르며 쫓아 버렸다.

열정은 주기적으로 어떤 생각을 되풀이하게 만든다고 한다. 도리언 또한 입술을 깨물며 영혼과 감각에 대한 그 미묘한 말을 무수히 중얼거리며 곱씹었고, 마침내 그 말이 자신의 기분을 온전히 드러내는 의미를 갖고 있다는 것을 깨달았다. 또한 나름의 지적 승인 과정을 통해 자신의 그런 생각을 정당화했다. 만약 그렇게 하지 않았더라면 자신의 격정적인 마음은 계속 억압받고 있을 것이었다. 두뇌의 세포와 세포 사이로 이제 단 한 가지 생각만이 기어 다녔다. 생에 대한 욕망, 인간의 여러 욕구 중에서 가장 끔찍하다는 그 강렬한 욕망이 신경과 신경 하나하나에 활기를 불어넣었다. 추악함. 모든 것을 현실로 만든다는 것 때문에 한때 그가 제일 혐오했던 그 추악함은 도리어 바로 그 이유 때문에 소중한 것으로 다가왔다. 이제는 추악함만이 유일한 현실이었다. 거친 말싸움, 누추한 소굴, 무질서한 삶이 엿보이는 노골적 폭력, 도둑과 부랑자들의 비열함과 미개함. 이제 도리언에게 이것들은 강렬하고도 현실적인 인상을 주며, 그에게 그 어떤 예술의 우아한 모습보다 심지어 영롱한 노래 같은 어떤 환영보다도 더 생생하고 뚜렷하게 다가왔다. 망각을 위해서는 바로 이런 것들이 필요했던 것이다. 이윽고 사흘이 지나면 마침내 그는 자유로워지리라.

어두운 골목의 끝에 다다르자 마부가 고삐를 당겨 마차를 멈추었다. 나지막한 지붕이 있는 집들, 들쑥날쑥한 굴뚝들 너머로 여러 배의 검은 돛대가 솟아 있는 모습이 보였다. 희끄무레한 안개의 소용돌이는 활대에서 유령처럼 너풀거렸다.

"이 근처이지 않습니까, 나리?"

마부가 칸막이를 열고 쉰 목소리로 말했다. 도리언은 그 말에 깜짝 놀라 주위를 휘둘러보았다.

"여기서 내리지."

그는 마부에게 약속했던 추가 비용을 주고 서둘러 마차에서 내리고는 빠르게 부두 쪽으로 향했다. 이곳저곳에 정박되어 있는 큰 상선의 꽁지부리에서 희미한 빛이 반짝였다. 그 빛들은 물웅덩이 안에서 갈라지며 흔들리곤 했다. 석탄을 적재한 외항선에서는 붉은빛의 섬광이 번쩍였다. 진흙투성이인 보행로는 비에 흠뻑 젖은 방수포처럼 보였다.

도리언은 혹시 자신을 미행하는 사람이 있지 않을까 두려운 마음이 들어 가끔 뒤쪽으로 고개를 돌리며 왼쪽 방향으로 걸어갔다. 그렇게 7, 8분 정도를 걸어서 황량한 두 개의 공장 사이에 있는 낡고 작은 집 앞에 다다랐다. 맨 위층 창문 중 하나에는 등이 걸려 있었다. 그는 자신만의 특이한 방식으로 문을 두드렸다.

얼마가 지나자, 통로를 따라 나오는 발소리가 들리고는 묶었던 쇠사슬을 푸는 소리가 들렸다. 조용히 문이 열렸고, 도리언은 어둠 속에서 마치 자신의 그림자 안에 웅크리고 앉아 있는 듯한 괴이한 사람에게 말 한마디 건네지 않고 안으로 들어갔다. 홀의 끝에는 너덜거리는 녹색 커튼이 겨우 달려 있었다. 그가 들어오자 거리에서부터 온 한 줄기 바람에 커튼이 심하게 흔들리며 펄럭였다. 그는 커튼을 옆으로 젖히고 더 안쪽으로 들어갔다. 낮은 천장의 길쭉한 방이었다. 모양새는 마치 예전에 변변찮은 무도회장으로 쓰인 것만 같았다. 사방으로 늘어선 등에서 나오는 강렬한 불빛은 맞은편의 지저분한 거울에 비쳐 옅게 뒤틀렸다. 주석으로 만든 거울의 기름때 묻은 반사경은 등 뒤에서 불빛을 동그랗게 모아 비추어 주었다. 바닥에는 흙색 톱밥이 깔려 있었는데, 곳곳에 짓이겨진 모양은 마치 진흙을 뭉갠 것 같았다. 술이 엎질러져 생긴 듯한 시커먼 모양의 얼룩은 꾀죄죄한 느낌을 주었다. 목탄으로 만든 작은 난로 옆에 말레이 사람 몇몇이 웅크리고 앉아 있었다. 그들은 골회(骨灰)로 만든 칩 같은 것으로 노름하며 하얀 이를 드러내고 떠들기에 바빴다. 한쪽 구석에서는 선원 하나가 팔로 머리를 감싸 쥔 채 테이블 위에 널브러져 있었다. 도리언이 한쪽 벽에 놓인 바 옆을 지나칠 때, 초췌해 보이는 여인 두 사람이 역겨운 표정으로 외투를 털어 대는 노인을 웃으며 조롱했다.

"쳇, 이곳에 붉은 개미라도 있는 줄 아는 모양이지?"

노인은 겁에 질린 표정으로 그녀들을 바라보며 훌쩍였다.

방의 어떤 쪽 끄트머리에는 까만 방으로 이어지는 작은 계단이 있었다. 황급히 그 낡은 계단을 세 단 정도 오르자, 어느새 짙은 아편 냄새가 그를 맞이했다. 그는 숨을 깊이 들이마셨고, 이내 콧구멍은 쾌락으로 파르르 떨렸다. 방 안으로 들어가자, 부드러운 노랑머리를 한 청년이 램프 위에 몸을 숙여 파이프에 불을 붙이려다가 그를 보고 머뭇거리고는 고개를 끄덕이며 인사를 건넸다.

"에이드리언, 여기 있었구나." 도리언은 나지막한 목소리로 물었다.

"내가 어디에 있겠어? 이젠 내게 그 누구도 아는 체를 하지 않아." 그는 맥없이 말했다.

"나는 자네가 영국을 떠난 줄 알았어."

"달링턴이 아무 도움도 주지 않았지. 결국 내 형이 모든 비용을 댔어. 이제 조지도 나하고는 말도 섞지 않으려 하고……. 하지만 개의치 않아. 이것만 있으면 친구도 필요 없으니까 말이야. 어쩌면 그동안 친구가 너무 많았던 것 같아." 그는 한숨을 쉬며 말했다.

도리언은 잠시 주춤하더니, 꾀죄죄한 매트리스 위에 괴이한 자세로 누워 있는 기괴한 모습들을 둘러보았다. 뒤틀린 팔다리, 헤벌쭉 벌린 입, 생기를 잃은 채 빤히 어딘가를 바라보는 눈은 그를 매료시켰다. 그는 잘 알고 있었다. 이들이 어떤 낯선 천국에서 고통을 겪고 있을지, 그리고 어떤 음산한 지옥이 그들에게 새로운 쾌락의 비밀을 가르쳐 주는지. 그들은 분명 자신보다 나은 듯했다. 그가 생각의 감옥에 갇혀 있는 동안 영혼은 무서운 질병처럼 그의 기억을 조금씩 좀먹고 있었다. 종종 바질 홀워드가 자신을 보고 있는 듯한 기분도 들었다. 하지만 이곳에 오래 머물 수는 없었다. 에이드리언 싱글턴이 있다는 사실이 그를 곤혹스럽게 했기 때문이다. 그는 자신을 아는 이가 아무도 없는 곳에 머무르고 싶었다. 그는 자신에게서 달아나고 싶었던 것이다.

"난 다른 곳으로 가야겠어." 얼마간의 침묵 끝에 도리언이 말을 이었다.

"부두로 가려고?"

"맞아."

"그곳에는 그 미친 여자가 있을 텐데. 이제 여기서는 그녀를 받아 주지 않거든."

도리언은 고개를 갸웃거리며 말했다.

"이제 나를 사랑하는 여인들은 딱 질색이야. 오히려 나를 증오하는 사람들이 내게 더 흥미롭지. 게다가 약의 상태도 그곳이 더 좋고."

"도긴개긴이야."

"하여튼 난 그쪽이 더 좋아. 자, 한잔하지. 뭐라도 들이켜야겠어."

"생각 없어."

"이리로 와."

싱글턴은 마지못해 자리에서 일어나 터덜거리며 도리언을 따라 카운터로 향했다. 낡은 터번과 얼스터 외투를 입은 혼혈 인도인이 소름 돋는 웃음으로 그들을 맞이하고는 브랜디 한 병과 잔 두 개를 내놓았다. 이내 여인들이 그의 옆으로 다가와 수다를 떨기 시작했다. 도리언은 그들을 피해 등을 돌리고는 나지막이 싱글턴에게 말을 걸었다. 하지만 한 말레이 여인은 기어코 그에게 다가와 특유의 뒤틀린 미소를 지으며 말했다.

"오늘 밤은 정말 근사해요."

"제발 나에게 말 좀 걸지 마!" 도리언은 발로 바닥을 쾅쾅 거리며 소리쳤다.

"뭘 원해? 돈? 자, 여기 줄 테니 다시는 내게 말 걸지 마, 알았어?"

흐리멍덩한 여인의 눈은 잠시 불꽃이 일다가 이내 본래의 눈으로 돌아오더니 카운터 위의 동전들을 탐욕스럽게 긁어모으기 시작했다. 다른 여인들은 그녀를 향해 시기 어린 눈빛을 보냈다.

"부질없는 일이야. 나는 이제 돌아가고 싶지 않아. 어디에 있든 그게 무슨 상관이겠어? 나는 지금 이곳에서 충분히 행복해." 싱글턴은 한숨을 내쉬며 말했다. 도리언은 잠시 침묵하다가 말을 건넸다.

"무엇이든 필요한 게 있다면 주저 없이 연락해도 돼. 알았지?"

"생각해 보고."

"그럼 잘 지내."

"알았어. 잘 가."

싱글턴은 다시 계단을 올라가며 마른 입술을 손수건으로 닦았다.

도리언은 고통으로 얼굴이 일그러지며 문을 향해 걸어갔다. 그가 커튼을 젖히자, 조금 전 돈을 받았던 여인의 립스틱을 바른 입술에서 가증스러운 웃음이 터져 나왔다. 그녀는 쉰 목소리로 딸꾹질하며 크게 외쳤다.

"여기 악마와 흥정하려는 사람이 나가십니다!"

"닥치지 못해! 그딴 식으로 말하지 마."

그러자 그녀는 손가락을 탁탁거리며 그를 향해 악을 쓰듯 소리를 질렀다.

"아, 그러세요? 그렇다면 '아름다운 왕자님'이라고도 불러 드릴까? 그러면 되는 거예요?"

그 소리에 테이블에 누워 있던 어떤 선원이 벌떡 일어나 성난 듯이 주위를 돌아보았다. 이윽고 문이 닫히는 소리가 들리자 그는 누구의 뒤를 쫓으려는 듯이 재빨리 밖으로 뛰쳐나갔다.

도리언 그레이는 부슬비를 맞으며 부두를 향해 서둘러 걸음을 옮겼다. 싱글턴을 만나는 바람에 마음이 어수선해졌다. 바질이 그에게 했던 모욕적인 말처럼, 사실상 싱글턴의 파멸이 자신 때문일지도 모른다는 의구심이 들었다. 잠시 그는 입술을 깨물었고, 이내 두 눈은 슬픔으로 가득 찼다. 하지만 결과적으로 그것이 자신과 무슨 연관이 있다는 말인가? 다른 사람의 잘못까지 짊어지기에는 너무나 짧은 인생이다. 인간은 각자 자신의 삶을 살 것이고, 그에 따른 대가도 각자가 알아서 짊어져야 하는 것이다. 다만 아쉬운 점이 있다면, 단 한 번 저지른 잘못 때문에 우리는 수없는 대가를 치러야 하는 운명에 놓인 것이리라. 인간과의 거래에서 운명의 여신은 절대 손해를 보는 법이 없었다.

심리학자들의 말에 의하면, 죄 혹은 세상이 죄라고 칭하는 것에 대한 욕망은 때때로 본성 자체를 지배해 버려 모든 뇌 세포와 섬유 조직까지 무서운 충동으로 가득 차는 순간이 있다고 한다. 그럴 때가 오면 누구든 자유 의지를 상실하고, 마치 꼭두각시처럼 끔찍한 비극을 향해 달려가는 것이다. 선택의 기회는 빼앗기고, 양심도 파괴된다. 설령 양심이 살아 있다 하더라도 그저 반항과 위배를 매혹적인 것으로 만들기 위해 존재하는 역할을 할 뿐이다. 신학자들이 이따금 우리에게 말하는 것처럼 모든 죄는 본디 불복종으로 말미암은 죄가 아닌가. 그토록 고귀하고 사악한 악령의 아침 별 모습을 한 사탄이 하늘에서 추방됐을 때, 그는 반역자의 낙인이 찍힌 것이다.

도리언은 악에 더럽혀진 정신과 반항에 목마른 듯한 영혼으로 무감각해진 상태에서 걸음을 재촉했다. 지금 향하는 그토록 악명 높은 장소, 그곳에 가기 위해 그는 평소에 자주 가던 지름길로 향했다. 이윽고 어둑한 아치 길로 들어서려는 순간, 갑자기 누군가 뒤에서 그를 붙잡았다. 그는 미처 방어할 틈도 없이 벽에 몸이 떠밀렸다. 이내 거친 손이 목을 졸랐다.

그는 살기 위해 미친 듯이 몸부림을 쳤다. 자신을 옥죄는 손을 뿌리치기 위해 온 힘을 쏟았다. 그러자 권총이 장전되는 소리가 들리더니, 그의 눈앞에 번들거리는 총신과 그를 향해 총을 겨누는 땅딸막한 남자의 검은 형체가 보였다.

"대체 뭘 원하는 건가?" 도리언은 거친 숨을 몰아쉬며 소리쳤다.

"닥쳐. 움직이면 바로 쏘겠어."

"미쳤나? 내가 대체 뭘 어쨌다고 이러는 건가?"

"네놈이 시빌 베인의 인생을 망쳤어. 시빌 베인은 내 누나야. 누나가 스스로 목숨을 끊었다는 건 나도 알아. 하지만 네놈 때문에 누나가 죽은 것이지. 나는 네놈을 꼭 죽여야겠다고 다짐했어. 그래서 몇 년이나 네놈을 쫓아다녔지. 하지만 어떤 단서도, 흔적도 찾을 수 없었어. 네놈을 알 만한 사람 둘도 벌써 죽었더군. 누나가 네놈을 부르던 애칭 말고는 아무 단서도 없었지. 그런데 오늘 밤 우연히 그 이름을 듣게 된 거야. 자, 이제 고이 눈을 감을 일만 남았군. 오늘이 네놈의 제삿날이 될 테니까!"

도리언은 겁에 질려 속이 울렁거릴 지경이었다. 그는 더듬더듬 말을 이었다.

"나는 그런 여인을 모르네. 들어 본 적도 없어. 정말 미쳤군!"

"차라리 솔직하게 죄를 털어놓는 게 나을 것 같은데. 내가 제임스 베인인 게 분명하듯 오늘 네놈이 골로 갈 것도 분명할 테니까."

무서웠다. 도리언은 어떤 말을 해야 할지 전혀 떠오르지 않았다.

"당장 무릎 꿇어! 1분의 여유를 줄 테니 기도나 하라고. 그 이상은 안 돼. 나는 오늘 밤 인도로 떠나는 배를 타야 돼서 말이야. 떠나기 전에 얼른 이 일을 마쳐야겠어. 자, 1분이야!"

도리언은 이제 양팔이 옆으로 축 늘어지고 공포로 온몸이 얼어붙어 어떻게 해야 할지 갈피를 못 잡고 있었다. 바로 그 순간, 그에게 강렬한 희망이 섬광처럼 뇌리를 스쳤다.

"잠깐만! 당신 누나가 죽은 지 얼마나 된 거야? 어서 말해 봐!"

"18년이야. 그게 대체 왜 궁금한 거지? 몇 년이 됐든 그게 무슨 상관이지?"

"18년이라." 그 말에 도리언 그레이는 미소를 보이며 득의양양한 목소리로 말했다.

"그래, 18년이란 말이지! 그렇다면 등불 아래로 가서 얼른 내 얼굴을 보시지!"

제임스 베인은 그 말이 무슨 뜻인지 제대로 이해하지 못해 잠시 주춤했다. 하지만 그는 이내 도리언을 움켜잡고는 아치 길에서 끌고 나왔다.

세찬 바람 때문에 등불은 흔들리고 흐릿했지만, 그는 자신이 큰 잘못을 저지를 뻔했다는 것을 어렵지 않게 알 수 있었다. 마침내 찾았다고 생각한 그 남자의 얼굴은 이제 갓 피어난 소년의 얼굴, 때가 하나도 묻지 않게 순진무구한 청년의 얼굴이었던 것이다. 아무리 많이 봐도 20세 남짓 보이는 그의 얼굴, 설령 그보다 나이가 많다 해도 오래전 자신과 헤어진 누나의 나이보다는 분명 많지 않아 보였다. 이 사람이 누나를 죽음으로 본 남자가 아니라는 사실은 분명했다. 그는 이내 움켜쥐었던 손을 놓고는 비틀거리며 그에게서 물러났다.

"아니, 맙소사! 제가 하마터면 당신을 죽일 뻔했군요."

도리언은 그제야 안도의 한숨을 내쉬었다.

"이봐, 당신은 지금 큰 범죄를 저지를 뻔한 거야. 이번 일을 교훈으로 삼고, 제멋대로 복수의 칼날을 겨눌 생각일랑은 접길 바라네." 도리언은 냉랭하게 그를 쏘아 보며 말했다. 제임스 베인은 나지막한 목소리로 말했다.

"선생님, 죄송합니다. 저를 용서해 주십시오. 제가 오해한 모양입니다. 그 저주받은 소굴 안에서 들었던 어떤 말 때문에 제가 그만 착각하고 말았습니다."

"이제 집에나 가시지. 그 권총도 없애는 게 좋을 것 같네. 안 그러면 또 큰 말썽을 일으킬지도 모를 테니 말이야." 도리언은 이렇게 말하고는 휙 돌아 다시 천천히 거리로 걸음을 옮겼다.

겁에 질린 제임스 베인은 멍하니 도로 위에 서 있었다. 머리부터 발끝까지 온몸이 부들부들 떨렸다. 얼마 후, 빗물이 뚝뚝 떨어지는 담벼락에서 어떤 검은 그림자가 나타나더니 슬그머니 그에게 다가와 팔을 덥석 잡았다. 그는 너무나 깜짝 놀라 뒤를 돌아보았다. 조금 전 바에서 술을 마시던 여인 중한 명이었다. 그녀는 초췌한 얼굴로 그를 조롱하며 물었다.

"왜 그 인간을 죽이지 않았지? 델리의 술집에서 뛰쳐나갈 때, 당연히 그 인간을 죽일 거라고 생각했는데! 멍청하기는! 너는 그 인간을 죽여 버렸어야 돼. 그자는 돈도 많거니와 아주 악질이거든."

"내가 찾는 사람이 아니었어. 그리고 내가 남의 돈 따위에 관심 있는 사람인 줄 알아? 내게 필요한 건 오로지 한 인간의 목숨뿐이야. 아마 마흔 가까이 됐겠지. 하지만 아까 그분은 아직 어린 티도 벗지 못했더군. 내 손에 그의 피를 묻히지 않은 게 얼마나 다행인지."

그러자 그녀는 쓴웃음을 짓더니 비웃으며 말했다.

"어린 티를 못 벗었다고? 이봐, 그 아름다운 왕자님이 나를 이 지경으로 만든 게 딱 18년 전이었어."

"말도 안 돼!"

그러자 그녀는 손을 하늘로 높이 뻗으며 외쳤다.

"하느님 앞에 맹세컨대 내 말에는 조금의 거짓도 없어."

"하느님 앞에 맹세코?"

"만약 사실이 아니라면 당장 나를 때려 눕혀도 돼. 그놈은 이곳에 온 사람 중에 가장 악질이야. 그놈이 자신의 고운 얼굴을 유지하려고, 악마에게 자신을 팔아먹었다나 뭐라나. 사람들이 그렇게 말하더군. 내가 그놈을 만난 지 18년쯤 됐지만, 얼굴은 조금도 바뀐 게 없었어. 나는 이 모양 이 꼴로 변했는데 말이야." 그녀는 여전히 그를 노려보고 있었다.

"그 말, 맹세할 수 있는 거야?"

그러자 그녀의 납작한 입에서 쉰 목소리가 흘렀다.

"물론이라니까! 하지만 그놈에게 내 이야기는 하면 안 돼." 그녀는 애처롭게 말했다.

제임스 베인은 욕을 퍼부으며 다시 모퉁이 쪽으로 달려갔지만, 도리언은 흔적도 없이 사라진 뒤였다. 그가 다시 뒤를 돌아보았을 때, 여인도 종적을 감추고 말았다.

17

일주일 후, 도리언 그레이는 셀비 로열의 온실에서 먼머스 부인과 이야기를 나누고 있었다. 예순의 나이에 지친 기색이 역력한 남편과 함께 찾아온 그녀는 도리언이 초대한 손님 가운데 한 명이었다. 지금은 차를 마실 시간이었다. 레이스로 갓을 만든 뒤 씌운 테이블 위의 커다란 등은 부드러운 빛을 발산하며 공작 부인이 내놓은 자기로 만든 예쁜 잔과 곱게 핀 은그릇을 눈부시게 해 주었다. 부인의 하얀 손은 찻잔 사이를 우아한 모양으로 움직였고, 그녀의 붉고 도톰한 입술은 도리언이 속삭인 말 때문인지 환한 미소를 머금고 있었다. 헨리 경은 비단을 씌운 고리버들 의자에 기대앉아 그들을 바라보고 있었다. 나버러 부인은 복숭아색 소파에 앉아 먼머스 공작이 자신의 수집 목록에 추가했다는 브라질 딱정벌레에 대한 이야기를 귀 기울여 듣는 척했다. 정성껏 재단된 스모킹 슈트를 입은 세 명의 젊은이는 몇몇 여인에게 케이크를 건네고 있었다. 파티에는 열두 명이 모였고, 몇몇은 다음 날 도착할 예정이었다.

헨리 경은 식탁으로 어슬렁거리며 다가와 찻잔을 내려놓으며 말을 걸었다.

"여기 두 분은 무슨 얘기를 나누고 계신가? 글래디스, 혹시 도리언이 만물의 이름을 새로 명명하리라는 내 계획을 말한 적 없나? 그러기를 바랐는데 말이야. 너무나 멋진 생각이지 않나."

그 말에 공작 부인은 고운 눈으로 헨리 경을 바라보며 말했다.

"해리, 하지만 나는 내 이름을 새로 바꾸고 싶지는 않아. 지금 이름도 좋은데 굳이 그럴 필요가 있을까 싶어. 그레이 씨도 현재 이름에 만족하실 듯한데."

"아, 글래디스. 내가 왜 두 사람 이름까지 바꾸려 하겠어. 두 사람의 이름은 너무나 완벽해. 나는 주로 꽃에 대해 생각하고 있어. 나는 어제 단춧구멍에 꽃을 난초 하나를 꺾었는데, 점들이 알알이 박혀 있는 아주 아름다운 꽃이었어. 마치 일곱 개의 중죄(가톨릭교에서 이르는 칠죄종을 의미함. 교만, 질투, 분노, 나태, 탐욕, 식탐, 색욕)만큼 당장 사람을 눈멀게 할 것만 같았지. 나는 가만히 서 있다가 정원사에게 꽃의 이름을 물었네. 그랬더니 '로빈소비아나'라나 뭐라나 하여튼 그것은 너무나 지독한 이름의 표본이라고 말하더군. 슬프게도 우리는 사물에 아름다운 이름을 붙이는 능력을 잃고 말았네. 이름이야말로 가장 중요한 건데 말이야. 나는 절대 어떤 행동에 대해 불평하는 사람은 아니지. 하지만 단어만큼은 불평할 수밖에 없어. 내가 미개한 사실주의 문학을 싫어하는 이유도 바로 그것 때문이지. 삽을 오직 삽이라고밖에 부르지 못하는 사람은 단지 삽만을 사용할 수밖에 없으니 말이야. 그에게 어울리는 건 오직 삽뿐이겠지."

"해리, 그럼 당신 이름은 어떻게 부르는 게 좋을까요?" 공작 부인이 물었다.

"역설의 왕자라 부르면 어떨까요." 도리언이 끼어들었다.

"아! 그렇게 부르니 딱 알겠네요." 공작 부인은 탄성을 지르며 말했다.

그러자 헨리 경은 의자에 더 깊이 몸을 눕힌 채 웃으며 말했다.

"그런 이름으로 불리지는 않겠어. 그렇게 낙인을 찍어 놓으면 탈출할 구석을 찾을 수 없단 말이야. 이 칭호는 내가 거부하겠어!"

"왕족의 칭호는 포기하지 않으실 듯한데요." 공작 부인은 경고하듯이 말했다.

"내가 왕좌(王座)를 지키기를 바라는 모양이지?"

"물론이지요."

"내일의 진실을 말해 줘야겠군."

"저는 오늘의 실수가 더 좋은걸요."

그러자 언쟁에서 쉽게 지지 않겠다는 그녀의 생각을 눈치챈 그가 큰 소리로 말했다.

"아, 글래디스가 나를 완전히 무장 해제시키고 있네."

"해리, 이제 겨우 방패만 거둔 것뿐이지 창은 여전히 들고 있잖아요."

"나는 미인에게 절대 창을 겨누지 않아." 그는 손을 내저으며 말했다.

"해리, 그게 바로 잘못이에요. 당신은 아름다움을 너무나 과대평가하고 있어요."

"어떻게 그렇게 말할 수 있어? 물론 내가 선보다 아름다움이 낫다고 여기는 건 인정하겠어. 하지만 나처럼 추함보다 선을 훨씬 낫다고 생각하는 사람은 없을 거야."

"추함이 일곱 가지의 치명적 죄악에 속하기라도 하는 건가요? 그렇다면 난초에 대한 오빠의 비유는 어떻게 되는 건가요?" 공작 부인은 큰 소리로 물었다.

"글래디스, 추함은 오히려 일곱 가지의 치명적 덕목 중 하나지. 너는 토리당의 당원이니까 그 덕목을 과소평가하면 안 되겠지. 맥주와 성경, 그리고 일곱 가지의 치명적 덕목이 오늘날 영국의 모습을 만든 거라고."

"그렇다면 오빠는 이 나라를 좋아하지는 않는군요?"

"나는 이 나라에 살고 있는걸."

"그러니 오히려 더욱 이 나라를 비난할 수 있는 것이지요."

"유럽이 영국을 어떻게 평가하는지 말해도 되려나?"

"유럽이 대체 뭐라고 하는데요?"

"타르튀프(프랑스의 작가 몰리에르의 희곡 「타르튀프」의 주인공. 겉과 속이 다른 위선자)가 영국으로 이주해서 가게를 열었다고 하더군."

"해리, 오빠가 그렇게 평가하는 거 아니에요?"

"네 걸로 해, 그럼."

"내가 그런 말을 어떻게 해요? 너무 사실적인 말이라 어디에 써 먹지도 못하겠어요."

"그렇게 겁내지 않아도 돼. 어차피 이곳 사람들은 절대 받아들이지 못할 테니까."

"이곳 사람들은 실용적이지요."

"실용적이라기보다 오히려 교활한 사람들이지. 그들은 장부를 기록할 때면 자신들의 어리석음을 부로, 악덕을 위선으로 바꾸려는 사람들이니까."

"그래도 위대한 일들을 이루었잖아요."

"글래디스, 그저 우리는 강요된 걸 억지로 해낸 것뿐이야."

"우리는 흔쾌히 부담을 진 거예요."

"증권 거래소의 경우는 그렇지."

"나는 우리 민족을 믿어요." 그녀는 고개를 가로저으며 큰 소리로 말했다.

"우리 민족은 진취적인 사람만이 살아남을 수 있는 대표적인 민족이지."

"그렇게 발전해 온 것이지요."

"쇠퇴하는 게 더 매혹적이지 않나."

"그렇다면 예술의 경우는 어때요?"

"예술의 발전은 질병이지."

"사랑은요?"

"환상이고."

"종교는요?"

"요즘 유행하는 믿음의 대용품(代用品)이지."

"오빠는 회의론자네요."

"그럴 리가! 회의론은 곧 믿음을 갖기 위한 초석이야."

"대체 오빠는 어떤 사람인가요?"

"정의하는 것은 한정 짓는 것이지."

"제게 단서라도 좀 주세요."

"단서라는 건 중간에 끊어질 수밖에 없어. 그렇게 되면 미로에서 길을 잃고 말겠지."

"어쩜! 오빠는 점점 더 저를 혼란스럽게 만드네요. 다른 사람 얘기나 해요. 이 집의 주인분이야말로 정말 마음에 드는 주제겠군요. 이미 오래전에 '아름다운 왕자님'이라는 칭호도 얻으셨고요."

"아아, 그 얘기는 하지 말아 줘요." 도리언이 끼어들며 외쳤다.

"오늘 우리 집주인께서 좀 불쾌하신 모양이군요. 어쩌면 먼머스와 제가 결혼한 것도, 나비들이 가장 멋진 본보기를 찾으려는 순수한 과학적 원칙에 따라 먼머스가 저를 선택했다고 여겨서 그러신 것 같네요." 그녀가 도리언에게 말했다.

"공작 부인, 남편 되시는 분께서 부인을 옷핀으로 찌르는 일은 없기를 바랍니다." 도리언은 웃으며 말했다.

"어머, 우리 집 하녀는 이미 그렇게 하고 있답니다. 그녀는 제게 화를 낼 때면 항상 그렇게 하곤 하지요."

"무슨 이유로 화를 내나요?"

"너무나 사소한 문제들 때문이지요. 이를테면 제가 9시가 되기 10분 전에 들어와서 하녀에게 8시 30분까지 옷을 입어야 한다고 말한다던가 하는 것들이지요."

"아, 정말 분별없는 하녀로군요. 꼭 주의를 주세요."

"제가 어떻게 그러겠어요. 사실 그녀가 제게 모자를 만들어 준답니다. 얼마 전 힐스턴 부인 댁에서 열린 마당 잔치 때 제가 썼던 모자를 기억하시는지요? 아아, 기억하지 못하시는군요. 하지만 기억하는 척이라도 해 주셔서 감사해요. 그때 제 하녀는 변변찮은 재료로 그 모자를 만들었지요. 사실 좋은 모자들은 모두 별것 아닌 재료로 만드는 법이긴 하지만 말이에요."

그 말에 헨리 경이 다시 끼어들었다.

"글래디스, 좋은 평판이란 것도 그래. 인간이 영향력을 행사하려 할 때면 꼭 적이 생기게 마련이거든. 좋은 평판을 지닌 사람이 되고 싶다면 평범해져야 하지."

"여성의 경우는 아니에요. 그러니 세상을 지배하는 자들은 결국 여성이지. 여성들은 평범한 건 절대 참지 않아. 누군가의 말처럼 우리 여성들은 귀로 사랑을 나누지. 남자들이 사랑을 눈으로 하는 것처럼 말이야."

"제가 볼 때 남자들은 사랑 말고는 딱히 하는 일이 없는 듯한데요." 도리언이 작은 소리로 끼어들었다. 그러자 공작 부인이 연민 어린 표정으로 그를 바라보며 말했다.

"아아, 그레이 씨! 그건 당신이 아직 진정한 사랑을 해 보지 못했다는 이야기군요."

"글래디스!" 헨리 경이 큰 소리로 말을 이었다.

"어떻게 그런 말을 할 수 있어? 로맨스는 반복을 통해 만들어지는 것이고, 그 반복이야말로 욕망을 예술로 승화시키는 존재지. 매번 사랑할 때, 매 순간 하나하나가 유일무이한 사랑인 거야. 사랑의 대상이 바뀐다고 해서 열정이 달라지는 것도 아니지. 오히려 점점 강렬해질 뿐이야. 우리는 보통 대단한 경험을 평생 단 한 번도 할까 말까 하지. 그러니 그런 경험을 최대한 많이 반복하는 것이야말로 인생의 비결일 거야."

공작 부인은 그 말에 잠시 침묵하다가 말했다.

"해리, 그 경험 때문에 누군가 상처를 받아도 그런 건가요?"

"그것 때문에 누군가 상처를 받는다면, 더욱더 그렇겠지."

공작 부인은 고개를 돌리고는 호기심 어린 눈으로 도리언을 바라보며 말했다.

"그레이 씨, 당신은 이에 대해서 어떻게 생각하세요?"

도리언은 잠시 고민하더니 고개를 뒤로 젖히며 웃고는 말했다.

"공작 부인, 저는 언제나 해리의 말에 동의하는 사람이랍니다."

"오빠의 생각이 틀렸을지라도요?"

"해리는 한 번도 틀린 말을 한 적이 없어요."

"그렇다면 오빠의 철학이 당신을 행복하게 만들어 주던가요?"

"저는 행복을 추구하지 않아요. 대체 어떤 사람이 행복을 바라는 건가요? 저는 단지 쾌락을 추구해 왔습니다."

"그렇다면 당신은 그리도 원하시던 쾌락을 찾으셨나요?"

"너무나 빈번히 찾았지요. 너무 자주 찾아내 탈일 정도로 말이지요."

그 말에 공작 부인은 한숨을 쉬며 말했다.

"저는 평화를 찾고 싶어요. 이제 옷을 갈아입지 않으면 오늘 밤엔 평화도 뭐도 누리지 못할 것만 같군요."

"공작 부인, 제가 난초를 좀 가져다드리겠습니다." 도리언은 큰 소리로 말하고는 자리에서 벌떡 일어나 온실로 걸어 갔다.

"수치스럽게 도리언과 연애 놀음을 하다니! 조심해. 도리언은 대단히 매력적인 사람이니까." 헨리 경은 그녀를 바라보며 말했다.

"그에게 매력이 없었다면 사람들이 그토록 전쟁을 벌이지도 않았겠지요."

"그리스인과 그리스인이 만나기라도 한 건가?"

"저는 트로이 사람들의 편이에요. 그들은 오로지 한 여인 때문에 전쟁을 벌였지요."

"하지만 그들은 패배했지."

"지배당하는 것보다 더 나쁜 일도 있는 법이에요."

"아주 고삐를 풀고 내달리는구나."

"가속도는 활력을 주기 마련이지요." 그녀는 재치 있게 응수했다.

"오늘 밤 일기에 적어야겠어."

"어떤 내용을요?"

"불에 덴 아이는 불을 사랑하는 법이라고 말이야."

"글쎄요. 나는 불에 그슬리지도 않았는걸요. 제 날개는 멀쩡해요."

"너는 모든 일에 날개를 활용하더구나. 정작 날아야 할 때는 쓰지도 않으면서 말이야."

"바야흐로 용기가 남자에게서 여자로부터 옮겨 왔잖아요. 우리에게는 새로운 경험이지요."

"하지만 너에게는 경쟁 상대가 있단다."

"누구요?"

"나버러 부인. 그분은 도리언을 거의 숭배하다시피 하지." 그가 속삭이며 이렇게 말하고는 웃음을 터뜨렸다.

"아, 정말 오빠는 제게 근심만 한가득 주시는군요. 옛말에 호소하는 것은 특히 우리 같은 낭만주의자들에게는 치명적이라고요."

"낭만주의자라니! 너는 과학적 사고방식을 가진 사람이잖아."

"남자들이 우리를 그렇게 가르쳤지요."

"하지만 아직 너희 같은 여인들을 설명하지는 않았지."

"그렇다면 우리를 하나의 성(性)으로 설명해 보세요." 그녀가 도전하는 것처럼 따지며 물었다.

"비밀이 없는 스핑크스랄까."

그러자 공작 부인은 가만히 미소를 지으며 그를 바라보고는 말했다.

"그나저나 그레이 씨가 너무 오래 걸리는데 우리 얼른 가서 그를 도와줘요. 아직 제가 그에게 어떤 색의 드레스를 입을지 말해 주지도 않았고요."

"아, 글래디스! 너는 도리언이 꺾어 오는 꽃에 맞춰서 드레스를 입으면 될 거야."

"그렇게 하는 건 사랑이 익어 가기도 전에 항복하는 꼴이지요."

"낭만적 예술은 원래 절정에서부터 시작하는 법이지."

"후퇴할 땐 후퇴할 줄도 알아야지요."

"파르티아(기원전 유목민이 세운 고대 국가. 파르티아 군대는 상황이 불리하면 언제든 재빠르게 퇴각하고, 상황이 좋아지면 다시 공격 태세를 취하는 전술로 명성을 떨침) 식인가?"

"그래도 그들은 사막에서 피난처를 발견했잖아요. 저는 그럴 수 없을 거예요."

"여인들에게 항상 선택의 기회가 주어지는 건 아니지."

헨리 경이 말을 더 이으려고 할 때, 온실의 맨 끝 쪽에서 당장이라도 숨이 막힐 듯한 신음이 들려왔다. 뒤이어 누군가가 쓰러지는 둔탁한 소리가 들렸다. 자리에 있던 모든 사람은 깜짝 놀라 벌떡 일어났고, 공작 부인은 겁에 질려 그 자리에서 옴짝달싹하지도 못했다. 헨리 경은 두 눈에 두려움을 가득 안고 축 늘어진 종려나무 잎을 헤쳐 황급히 달려갔다. 이윽고 그의 눈에 타일 바닥에 죽은 사람처럼 기절해 있는 도리언의 모습이 보였다.

그는 즉시 푸른색 객실로 옮겨져 소파에 눕혀졌다. 잠시 후 그는 의식을 되찾고, 멍한 표정으로 주위를 둘러보다가 말했다.

"무슨 일이 있었던 건가요? 아, 기억나요! 해리, 이곳은 안전한가요?" 그는 온몸을 부들부들 떨기 시작했다.

"이봐, 자네는 그저 잠시 기절했던 것뿐이야. 그동안 너무 과로한 듯한데, 만찬 자리에는 가지 않는 게 좋겠어. 내가 자네 대신 손님들을 모시도록 하겠네."

그러자 도리언은 몸을 일으키기 위해 애쓰며 말했다.

"아니에요. 제가 내려갈게요. 내려가는 게 낫겠어요. 홀로 있고 싶지 않아요."

그는 방으로 가서 옷을 갈아입었다. 저녁 만찬을 대접할 동안 그는 더없이 유쾌한 모습이었다. 하지만 도리언은 이따금 공포에 휩싸이곤 했다. 하얀 손수건처럼 온실 유리에 딱 붙어서 자신을 노려보던 제임스 베인의 얼굴을 떠올리며.

18

다음 날, 도리언은 밖으로 한 발짝도 나가지 않았다. 죽음에 대해 끔찍한 두려움을 느끼면서도 삶 자체에 대해서는 무관심해 보이는 태도로, 그는 대부분 시간을 방에 틀어박혀 있었다. 누군가에게 쫓기고 있고, 함정에 걸려들었으며, 추적을 당한다는 생각이 그를 옥죄었다. 이제는 태피스트리가 바람에 흔들리기만 해도 온몸을 부들부들 떨 지경이었다. 바람에 날려 창틀에 부딪히는 낙엽들도 이제 그에게는 헛된 결심과 돌이킬 수 없는 회한처럼 다가왔다. 눈을 감으면 안개 사이의 유리로 자신을 노려보던 그의 얼굴이 떠올랐고, 그럴 때면 공포가 또다시 자신의 심장을 옥죄는 것만 같았다.

하지만 머릿속에 가득한 어둠이 복수를 이끌어 내 그의 눈앞에 끔찍한 응징의 형상을 보여 주는 것은 어쩌면 자신의 공상(空想)에 불과한 것인지도 몰랐다. 실제의 삶은 무질서와 혼돈 그 자체지만, 상상이라는 것은 무섭도록 질서 정연한 무언가를 지니고 있었다. 양심의 가책이 항상 죄악의 발꿈치를 졸졸 따라다니게 만드는 원천은 상상이었다. 각각의 범죄가 기형적인 요소를 낳게 만드는 원천 또한 상상이었다. 하지만 평범한 현실 세계에서는 악인이 처벌을 받는 것도 아니었고, 선량한 사람이 보상을 받는 것도 아니다. 성공은 매번 강한 자에게 주어졌고, 실패는 오로지 약자의 몫이었다. 그것뿐이었다. 게다가 만약 낯선 누군가가 집 근처를 배회하고 있었다면 분명 하인이나 관리인에게 들켰을 것이다. 화단에서 낯선이의 발자국이 발견되었다면 틀림없이 정원사들이 사실을 보고했을 것이다. 그렇다. 그날의 일은 그저 공상일 뿐이었다. 시빌 베인의 동생이 그를 죽이기 위해 돌아왔을 리가 없었다. 그는 배를 타고 떠난다고 했으니, 어느 겨울 바다에 침몰됐을지언정 이곳까지 찾아올 수는 없었다. 어떤 상황이 됐든 도리언은 시빌 베인의 동생에게 살해당할 위험은 없었다. 그자는 도리언이 누구인지도 알지 못했고, 누구인지 알 수도 없을 테니 말이다. 젊은 얼굴이 그를 구해 주지 않았는가.

하지만 이 모든 것이 공상에 불과하더라도, 양심이라는 존재가 끔찍한 환영을 일으켜 바로 그의 눈앞에 실체를 만들어 보여 주다니! 이 얼마나 생각만 해도 섬뜩한 일인가! 밤낮으로 범죄의 그림자가 조용한 곳에서 항상 그를 응시하고, 은밀한 장소에서 그를 비웃으며, 파티 자리에 앉아 있는 그의 귓가에 속삭이고, 잠에 들려 할 때 차가운 손가락으로 그를 깨우려 한다면! 그의 삶은 대체 어떻게 되고 말겠는가! 이런 생각들이 도리언의 머릿속에 파고들자, 그는 공포로 얼굴이 하애지고 주변의 공기가 싸늘해지는 듯한 기분이 들었다. 아아, 일순간 휩싸인 포악한 광기로 말미암아 친구를 죽이다니! 다시 떠올리기만 해도 얼마나 소름 돋는 일인가! 도리언은 그때의 장면을 하나하나 모두 떠올려 보았다. 곧 끔찍한 장면들이 세세히 되살아나며 그의 공포를 한층 커지게 했다. 끔찍한 시간의 동굴 밖으로 뛰쳐나온 죄악의 주홍빛 형상이 소름 끼치게 다가왔다. 헨리 경이 6시쯤 찾아왔을 때, 도리언은 가슴이 찢어진 것처럼 엉엉 울고 있었다.

도리언은 사흘째가 되어서야 겨우 용기를 내어 밖으로 나갈 수 있었다. 이내 소나무 향으로 가득한 겨울의 맑은 아침 공기가 그에게 삶에 대한 환희와 열정을 되찾도록 도와주었다. 하지만 이런 변화는 단순한 물리적 환경의 변화 때문은 아니었다. 이제 그는 본능적으로 자신의 온전한 평온을 깨뜨리려는 과도한 고뇌에 역겨움을 느꼈다. 섬세함과 정교함을 지닌 사람들에게는 늘 그런 일이 일어나는 법이다. 그럴 때 나오는 격한 감정은 늘 본성에 상처를 입히거나 혹은 그것들 자체가 그 본성에 굴복하게 된다. 결국 그런 본성을 지닌 사람을 죽이거나 혹은 그들 스스로가 죽어야 하는 것이다. 소소한 사랑과 슬픔은 오래도록 살아남을지라도, 너무 큰 사랑과 슬픔은 결국 그들이 지닌 무게로 말미암아 스스로 무너지고 마는 것이다. 더구나 이제 스스로가 크나큰 공포가 만든 상상의 희생자라고 여기기 시작한 도리언은 한없는 연민과 그에 못지않은 경멸로 자신의 두려움을 돌이켜보고 있었다.

도리언은 아침 식사를 마치고는 약 한 시간 정도 공작 부인과 정원을 산책했다. 그다음 그는 마차를 타고 공원을 지나 사냥하러 가는 사람들의 무리에 끼었다. 풀밭에는 마치 소금을 뿌린 듯 바스락거리는 서리가 풀 위에 내려앉아 있었다. 하늘은 푸른빛의 금속으로 만든 잔을 엎어 놓은 것만 같았고, 수초가 자란 고요한 호수 위에는 살얼음이 얇은 테를 두르고 있었다.

소나무 숲 한쪽 구석에 있던 도리언은 공작 부인의 남동생인 제프리 클러스턴 경의 모습을 보았다. 그는 다 쓴 탄약통 두 개를 총에서 빼내고 있었다. 마차에서 뛰어내린 도리언은 마부에게 집으로 되돌아가라고 이른 후, 시든 고사리와 억센 덤불을 헤쳐 그에게 다가갔다.

"제프리, 많이 잡았나?"

"오늘은 별로네, 도리언. 새들이 모두 평야로 날아간 모양이야. 점심 먹고 다른 장소로 옮긴다면 좀 나아지겠지."

도리언은 그의 곁에서 천천히 거닐었다. 코를 자극하는 향긋한 공기, 숲속에서 가물가물하게 빛나는 적갈색의 빛줄기, 이따금 거친 함성을 지르는 몰이꾼들과 뒤이어 울리는 매서운 총성. 이는 도리언의 마음을 사로잡았고, 그의 가슴에 자유를 만끽하게 해 주었다. 더없이 유쾌한 기분이었다. 어떤 것도 신경 쓰이지 않는 기쁨과 무심한 행복감에 그는 완전히 젖어들었다.

그때 그들로부터 약 20m쯤 떨어진 덤불이 바람에 흔들리고, 두 귀를 쫑긋 세운 검은 산토끼가 뒷다리를 앞으로 쭉 뻗으며 뛰어올라 오리나무 덤불을 향해 깡충깡충 뛰어갔다. 제프리 경은 바로 총을 겨누었다. 하지만 토끼의 우아한 동작 속 무언가에 매료된 그레이는 다급히 소리를 질렀다.

"제프리! 쏘지 마. 살려 줘!"

"무슨 허튼소리야, 도리언." 제프리 경은 웃음을 터뜨리고 는 토끼가 다시 덤불 속으로 뛰어 들어갈 때 주저 없이 방아 쇠를 당겼다. 곧이어 두 번의 비명이 들려왔다. 고통스러워하 는 토끼의 끔찍한 비명, 그리고 그보다 더 끔찍한 죽음을 맞 닥뜨린 한 남자의 비명이었다.

"이럴 수가! 몰이꾼을 쏘고 말았어." 제프리 경이 소리치더 니 한껏 목청을 높여 악을 쓰듯 외쳤다.

"아니, 대체 어떤 멍청한 놈이 총부리 앞에 서 있었던 거 야! 사격 중지! 사람이 다쳤다!"

그 말에 우두머리 몰이꾼이 손에 막대기를 든 채 뛰어 왔다.

"어디입니까, 나리? 몰이꾼이 어디에 있습니까?" 그 말에 주변의 총성도 일제히 멈추었다.

"저쪽이네. 대체 왜 자네 몰이꾼들을 뒤로 물러나게 하지 않았나? 오늘 사냥은 다 망쳐 버렸잖나." 제프리 경은 덤불을 향해 뛰어가며 성난 목소리로 답했다.

도리언은 그들이 흔들리는 가지들을 헤치고 오리나무 덤 불 속으로 뛰어가는 모습을 바라보았다. 잠시 후, 그들은 한 남자의 시체를 끌고 햇빛이 비치는 숲으로 나왔다. 도리언은 무서워서 고개를 돌리고 말았다. 왠지 그가 가는 곳마다 불행 한 일이 뒤따르는 것만 같았다. 뒤이어 그가 정말 사망했는지 재차 확인하는 제프리 경의 목소리와 그렇다고 말하는 우두머리 몰이꾼의 목소리가 들렸다. 별안간 도리언은 숲이 여러 얼굴을 지닌 모습으로 활기차게 움직이는 것 같다고 생각했다. 수많은 사람의 쿵쿵거리는 발소리와 나지막이 웅성거리는 말소리가 들렸다. 구릿빛 가슴 털을 지닌 커다란 꿩 한 마리는 날개를 푸드덕거리며 가지들 사이로 날아갔다.

짧은 시간이었지만 마음이 혼란스러웠던 그에게 그 시간은 고통으로 가득 찬 영겁의 시간 같았다. 그 순간이 지나갈 때쯤 도리언은 뒤에서 누군가가 자신의 어깨를 툭 건드리는 듯한 느낌을 받았다. 도리언은 깜짝 놀라 뒤를 바라보았다. 헨리 경이었다.

"도리언, 오늘 사냥은 이만 끝내자고 저 사람들에게 말하는 게 좋겠네. 사냥을 계속 하는 건 모양새가 좋지 않을 테니 말이야."

"영원히 사냥하지 않아야겠어요, 해리. 이제는 모든 일이 끔찍하고 소름 돋게 느껴져요. 그 남자는……?" 도리언은 비통한 심정으로 답하다가 채 말을 맺지 못했다.

"유감스럽게도 가슴에 정통으로 총을 맞은 것 같네. 아마 즉사했겠지. 자, 우리는 그만 집으로 가세."

두 사람은 큰길 방향으로 50m가량을 아무 말없이 걸어갔다. 도리언은 깊은 한숨을 쉬며 헨리 경에게 말했다.

"해리, 나쁜 징조예요. 정말 나쁜 징조."

"뭐가 그렇다는 건가? 아, 아까 그 사고! 도리언, 그건 어쩔 수 없는 일이었잖아. 죽은 그 사람의 잘못이지. 왜 총부리 앞에 있었는지 몰라. 더구나 그 일은 우리와는 어떤 상관도 없네. 물론 제프리는 좀 난처해졌지만 말이네. 혹시 무분별하게 총질한 건 아닌지 의심을 살 수 있으니까 말이네. 몰이꾼에게 총을 쐈다는 게 좋은 일이겠는가. 물론 제프리가 그런 사람은 아니겠지. 그는 매번 정확히 조준한 목표물을 명중시키는 사람이지. 하지만 이제 와서 그런 이야기를 해봤자 무슨 소용이 겠는가."

하지만 도리언은 고개를 가로저었다.

"해리, 분명히 불길한 징조예요. 우리 중 누군가에게 뭔가 끔찍한 일이 일어날 것만 같은 기분이 들어요. 어쩌면 저에게 그런 일이 일어날 것 같기도 하고요." 그는 고통스러운 듯 손으로 눈을 쓸어내렸다. 연장자인 헨리 경은 그 모습을 보고는 웃음을 터뜨렸다.

"도리언, 세상에서 유일하게 끔찍한 것이 있다면 그것은 바로 권태라네. 권태야말로 절대 용서할 수 없는 유일한 죄악이지. 하지만 오늘 만찬에서 친구들이 이 사고에 대해 이러쿵저러쿵하지만 않는다면, 우리가 적어도 권태에 고통받을 일은 없겠지. 하지만 오늘 친구들에게 이 대화는 최대한 피하자고 말해야겠군. 그리고 징조 얘기가 나와서 말인데, 사실 징조라는 건 없네. 운명의 여신은 우리에게 어떤 예고도 하지 않지. 그 여신은 너무나 현명하거나 혹은 너무나 잔인한 탓이네. 하지만 대체 자네에게 어떤 비극이 일어날 수 있단 말인가? 자네는 모든 남자가 원하는 모든 것을 가지고 있는데 말이야. 만약 누군가 자네와 처지를 바꾸자고 제안한다면, 다들

기꺼이 응할 텐데 말이네."

"저는 당장 누구와도 제 처지를 바꾸고 싶어요. 웃지 말아요, 해리. 저는 지금 진실을 말씀드리고 있어요. 조금 전 죽은 불쌍한 몰이꾼도 저보다는 훨씬 나을 거예요. 저는 죽음 자체가 두렵지는 않아요. 다만 죽음이 다가오고 있다는 사실이 저를 두렵게 하지요. 흉포한 죽음의 날개가 대기 속에서 제 주변을 날아다니며 무겁게 짓누르는 것 같아요. 아, 해리! 저 나무 뒤에서 어떤 사람의 모습이 보이지 않나요? 저를 노려보면서 기다리는 사람 말이에요!"

헨리 경은 도리언이 부들부들 떨며 장갑을 낀 손으로 가리키는 곳을 바라보고는 미소를 지으며 말했다.

"보이네. 정원사가 자네를 기다리고 있군. 아마 오늘 저녁 테이블에 어떤 꽃을 올려놓아야 할지 물어보려는 것이겠지. 참, 뭐 그런 것까지 신경을 쓰고 그러나. 신경이 너무 예민해졌군. 시내로 가면 내 주치의를 찾아 진단을 받아 봐야겠어."

도리언은 정원사가 다가오는 것을 보고 나서야 안도의 한숨을 쉬었다. 정원사는 머뭇거리며 다가와 모자를 만지작거리며 헨리 경을 힐끗 보고는 도리언에게 한 통의 편지를 건네고는 나지막이 말했다.

"공작 부인께서 답장을 받아 오라고 하셨습니다."

"곧 가겠다고 전해 주게." 도리언은 편지를 주머니 안에 넣고는 냉랭하게 말했다. 그 말에 정원사는 빠르게 저택을 향해 걸어갔다. 헨리 경은 웃음을 터뜨리며 말을 건넸다.

"여인들이란 위험천만한 일을 얼마나 좋아하는지! 그것이야말로 내가 정말 감탄해 마지않는 여인들의 특징 중 하나지. 여인들은 다른 사람들이 지켜보는 한 세상 누구와도 연애하려 들지."

"해리, 어쩜 당신은 그리도 위험한 말을 하는 걸 좋아하는 건가요. 하지만 이번만큼은 당신이 전적으로 잘못 짚었어요. 저는 공작 부인을 좋아하지만, 사랑하지는 않으니까요."

"공작 부인은 자네를 너무나 사랑하지만, 좋아하지는 않지. 그러니 둘이 잘 어울리는 한 쌍이라는 것이네."

"해리, 당신은 굳이 추문을 만들려고 하는군요. 아무런 근거도 없는데 말이지요."

"모든 추문의 근거는 부도덕함에 대한 확신이지." 헨리 경은 담뱃불을 붙이며 말했다.

"해리, 당신은 그런 글귀를 짓기 위해서라면 누구든지 희생시킬 수 있는 사람이에요."

"세상 사람들은 스스로 제단(祭壇)에 오르려 하는 법이네." 그는 이렇게 말했다. 도리언은 깊은 비애에 젖어 소리쳤다.

"사랑할 수 있다면 좋겠어요. 하지만 저는 열정을 다 잃고, 욕망조차 모두 잊어버렸어요. 저는 제 자신에게 과도하게 몰입하고 있어요. 제가 가지고 있던 개성은 이제 짐이 되어 버렸지요. 하루빨리 달아나고 싶어요. 먼 곳의 어딘가로 도망가서 모든 것을 다 잊고 싶어요. 이곳으로 내려온 건 너무 어리석은 짓이었어요. 하비에게 연락해서 요트를 준비하라고 해야겠어요. 요트를 타고 있다면 안전하겠지요."

"대체 어떤 것으로부터 안전하다는 건가, 도리언? 분명 무언가 걱정거리가 생긴 모양이군. 무슨 일인지 말해 보게. 어떤 일이든 내가 도와줄 수 있다는 건 자네도 잘 알겠지."

"해리, 말할 수 없어요. 어쩌면 그저 공상에 불과할 일일지도 몰라요. 가뜩이나 오늘 일어난 사고 때문에 제 마음은 더욱 어지러워졌어요. 왠지 그런 일이 제게도 일어날 것만 같은 기분이 드네요." 그는 애처롭게 말했다.

"말도 안 되는 소리!"

"그러지 않기를 바라지만, 자꾸만 그런 예감이 드네요. 아, 공작 부인이 계시네요. 마치 특별 제작한 드레스를 입은 아르테미스(그리스 신화에 나오는 야생 동물, 달, 사냥의 여신) 같아요. 공작 부인, 돌아왔습니다."

"얘기 들었어요, 그레이 씨. 가엾은 제프리는 지금 너무 혼란스러워하는 듯해요. 그런데 당신이 그때 토끼를 쏘지 말라고 말했다면서요? 정말 기묘한 일이네요."

"네, 정말 기묘한 일이었지요. 제가 그때 왜 그런 말을 했는지 저도 잘 모르겠어요. 순간 그 자그마한 생명체가 너무나 사랑스러워 보였거든요. 어쨌든 부인께 이 소식을 전해 드리게 되다니 유감입니다. 정말 끔찍한 사고였어요."

그러자 헨리 경이 끼어들었다.

"성가신 일이지. 하지만 그 일에 심리학적인 가치는 없네. 만약 제프리가 고의로 그런 일을 저질렀다면, 그는 정말 흥미로운 인물이 되었을 걸세. 사실 나는 살인을 저지른 사람과 친하게 지냈으면 하는 바람이 있거든."

"오빠! 정말 너무하네요. 그레이 씨, 그렇지요? 해리, 그레

이 씨 몸이 또 안 좋으신 것 같아요. 곧 쓰러지실 것 같은데
요."

도리언은 애써 정신을 추스르며 미소를 짓고는 나지막한
소리로 말을 이었다.

"공작 부인, 괜찮습니다. 요즘 온 신경이 너무 예민해진 것
뿐이에요. 오늘 아침엔 너무 많이 걸은 것 같기도 하고요. 혹
시 고약한 말을 하지는 않았나요? 나중에 꼭 말해 주세요. 일
단 지금은 안에서 누워 있어야 할 것 같아요. 괜찮겠지요?"

그들은 온실에서 테라스로 이어지는 큰 계단에 다다랐다.
도리언이 유리문을 닫고 들어가자, 헨리 경은 돌아서고는 졸
린 듯한 눈으로 공작 부인을 바라보며 말했다.

"도리언을 많이 사랑하고 있는 건가?"

그녀는 한참이나 아무 말없이 주변 풍경을 바라보다가 말
했다.

"저도 제 마음을 알 수 있다면 좋겠어요."

그러자 헨리 경은 고개를 가로저으며 말했다.

"안다는 건 치명적인 일이지. 인간은 언제나 불확실성에
매료되는 법이거든. 안개가 사물을 더 아름답게 보이게 만드
는 것처럼 말이야."

"안개 속에서 길을 잃을 수도 있겠지요."

"글래디스, 결국 모든 길은 한 지점에서 끝나는 법이야."

"그 지점이 어딘데요?"

"환멸이지."

"전 태어날 때부터 환멸을 느꼈는걸요." 그녀는 한숨을 쉬

었다.

"하지만 그 덕분에 공작 부인이라는 지위를 얻었잖아."

"이제 딸기 잎(공작이 쓰는 관에는 주로 딸기 잎 문양이 새겨져 있음)에는 신물이 난다고요."

"그건 네게 어울리는걸."

"사람들 앞에서나 그렇겠지요."

"그래도 막상 잃게 된다면 그리워질 거야."

"어떤 잎은 절대 잃지 않을 거예요."

"먼머스도 듣는 귀가 있어."

"늙으면 귀가 머는 법이지요."

"먼머스가 질투한 적은 없어?"

"질투라도 해 주었으면 좋겠네요."

갑자기 헨리 경은 무언가를 찾는 것처럼 주변을 두리번거렸다.

"뭘 찾아요?"

"네 펜싱 칼에서 떨어진 단추(훈련용 펜싱 칼의 끝에 달린 안전장치. 이를 제거하고 칼을 휘두른다면 상대방이 피를 흘릴 수 있음) 말이야. 아까 떨어뜨린 것 같더군."

그녀는 말뜻을 알아채고는 웃으며 말했다.

"저는 아직 마스크를 쓰고 있는걸요."

"그래서 눈이 더 아름다워 보이네." 헨리 경은 그렇게 말했다.

그녀는 다시 미소를 지었다. 그녀의 치아는 마치 진홍색 과일에 박힌 하얀 씨앗 같았다.

한편 도리언 그레이는 위층에 있는 자신의 방 소파에 누워 있었다. 그는 모든 몸의 섬유 조직 하나하나가 욱신거리는 듯한 공포를 느꼈다. 이제 그에게 삶은 짊어질 수 없는 무서운 짐이 되어 버렸다. 야생 동물마냥 덤불 속에서 총에 맞아 죽은 몰이꾼의 죽음은 곧 자신의 죽음이 임박했음을 암시하는 것 같았다. 그는 헨리 경이 우연히 건넨 냉소적인 농담에도 금세 까무러칠 지경이었다.

이윽고 5시가 되자, 도리언은 종을 울려 하인을 불렀다. 그는 하인에게 런던으로 향하는 야간 급행열차를 타도록 짐을 꾸려 8시 30분까지 현관 앞에 마차를 대기시키라고 일렀다. 이제 그는 셀비 로열에서는 하룻밤도 더 머무르기 싫었다. 이곳은 불길한 곳, 햇빛이 벌건 대낮에도 죽음이 드리우는 곳, 숲속의 풀잎마저 피로 물든 곳이었다.

그는 헨리 경에게 편지를 썼다. 자신은 시내로 가서 의사를 만날 테니 그동안 손님들을 잘 대접해 주기를 바란다는 부탁이 담긴 내용이었다. 편지를 다 쓴 다음 봉투에 넣으려 할 때, 하인이 문을 두드리는 소리가 들렸다. 그는 우두머리 몰이꾼이 자신을 만나고 싶어 한다는 말을 전해 주었다. 도리언은 잠시 얼굴을 찡그렸다.

"들이도록 해." 그는 입술을 깨문 채 머뭇거리다가 냉랭하게 말했다. 남자가 들어서자마자 도리언은 서랍에서 수표장(手票帳)을 꺼내 펼치고는 펜을 손에 쥐며 말을 건넸다.

"손튼, 오늘 일어난 불행한 사고 때문에 왔겠지?"

"맞습니다, 나리."

"그 가엾은 친구, 결혼은 했나? 부양가족은 있고?" 도리언은 심드렁한 표정을 지으며 말을 이었다.

"만약 부양가족이 있다면 그들을 곤궁한 처지로 내버려 둬서는 안 되겠지. 자네가 필요하다고 생각하는 액수를 말하면 내가 그 돈을 보내도록 하겠네."

"저희는 그자가 누구인지 모릅니다. 그래서 실례를 무릅쓰고 이렇게 찾아오게 되었습니다."

"누구인지 모른다고?" 도리언은 냉담하게 말을 이었다.

"무슨 말인가? 자네가 데리고 있던 사람이 아니라는 말인가?"

"그렇습니다. 분명 처음 보는 사람이었습니다. 선원이 아닌가 싶습니다, 나리."

그 말에 도리언은 손에 쥐고 있던 펜을 떨어뜨렸다. 순간 심장이 멎는 듯한 기분이 들었다. 그는 소리를 질렀다.

"선원? 지금 선원이라고 했나?"

"그렇습니다, 나리. 행색을 보니 한때 그가 선원이지 않았을까 하는 생각이 들었습니다. 양팔에 문신이 있는 것을 봐서도 그런 것 같았습니다."

도리언은 몸을 앞으로 기울이며 놀란 눈으로 그를 보며 물었다.

"혹시 그에 대해 더 알아낸 건 없나? 이름이 적힌 물건 같은 건 없었나?"

"얼마의 돈과 6연발의 권총 하나는 있었지만, 이름은 찾아볼 수 없었습니다. 조금 거친 안색이긴 했지만 얼굴은 준수한

편이었습니다. 그래서 저희는 그가 선원일 것이라 생각했던 것입니다."

도리언은 자리에서 벌떡 일어났다. 끔찍한 희망이 그의 곁을 스쳐 지나갔다. 그는 미친 듯이 그 희망을 붙들었다.

"시체는 어디 있나? 당장 말하게! 어서 그 시체를 봐야겠네!"

"자작(自作) 농장의 빈 마구간에 있습니다, 나리. 사람들은 그런 시체를 자기 집에 들이지 않으려 하니까요. 시체는 흔히 액운을 불러온다고 하더군요."

"자작 농장이라! 당장 그리로 가서 나를 기다리도록 하게. 마부 중 아무에게나 시켜서 내 말을 가지고 오도록 하게. 아니, 됐네. 내가 직접 마구간으로 가지. 그래야 시간을 절약할 수 있을 테니까."

15분이 채 지나지 않은 시각, 도리언은 가로수가 즐비한 큰길을 따라 전속력으로 말을 몰고 있었다. 나무들은 마치 유령처럼 휙휙 지나가는 듯했고, 황량한 그림자들은 그가 내딛는 길을 가로질러 몸을 던지는 것만 같았다. 한번은 암말이 어느 하얀 대문의 기둥 앞에서 갑자기 방향을 바꾸는 바람에 그가 말에서 떨어질 뻔하기도 했다. 그는 채찍으로 말의 목덜미를 후려쳤다. 말은 쏜살처럼 어두운 공기를 가로지르며 내달렸다. 말발굽에 채인 돌멩이는 정신없이 날아갔다.

시간이 흘러 자작 농장에 도착했다. 마당에는 두 남자가 서성이며 그를 기다리고 있었다. 재빨리 안장에서 뛰어내린 도리언은 그들 중 한 명에게 고삐를 던졌다. 그의 눈에 가장 멀리 떨어진 곳에 있는 마구간에서 반짝이는 불빛이 보였다. 마치 시체가 그곳에 있다는 것을 알려 주는 듯했다. 그는 황급히 그곳으로 다가가 빗장을 잡았다.

그 순간 도리언은 잠시 머뭇거렸다. 이제 그가 확인하려는 것이 자신의 삶을 되살릴 수도, 파괴할 수도 있다는 생각이 번쩍였기 때문이다. 이윽고 그는 문을 밀치고 안으로 들어갔다.

마구간의 안쪽 구석에 쌓여 있는 자루 더미 위, 거칠고 뻣뻣한 셔츠에 파란 바지를 입은 시체가 놓여 있었다. 얼룩진 손수건 한 장이 시체의 얼굴을 가리고 있었다. 그 시체의 옆에는 병에 꽂아 둔 싸구려 양초 하나가 탁탁 소리를 내며 타들어 가고 있었다.

도리언 그레이는 온몸을 부들부들 떨었다. 도저히 자신이 손수건을 걷어 내지 못할 것 같았다. 그는 농장의 하인 한 명을 불러 들어오게 했다.

"저 손수건을 걷어 보게. 얼굴을 봐야겠어." 그는 몸을 지탱하기 위해 문기둥을 꽉 붙잡고는 말했다.

마침내 농장의 하인이 손수건을 치웠고, 도리언은 앞으로 다가갔다. 순간 그의 입술 사이로 환희로 가득 찬 탄성이 터져 나왔다. 덤불숲에서 총에 맞아 죽은 사람은 다름 아닌 제임스 베인이었던 것이다.

그는 시체를 바라보며 한동안 그 자리에 우두커니 서 있었다. 말을 타고 집에 돌아올 때 그의 두 눈에는 눈물이 그렁그렁했다. 이제야 자신이 안전해졌다는 것을 확신하고 흘리는 안도의 눈물이었다.

19

"앞으로 착하게 살겠다고 내게 말해 봐야 소용없는 일이네. 자넨 지금 너무나 완벽한 존재지. 부디 그 모습 변하지 말게."

헨리 경은 장미 향수가 담긴 붉은색 구리 사발에 하얀 손가락을 담그며 말했다. 도리언 그레이는 고개를 가로저었다.

"해리, 아니에요. 저는 그동안 무서운 짓을 너무 많이 저지르며 살았어요. 이제 더는 그렇게 살지 않을 거예요. 어제부터 선행을 시작했다고요."

"어제는 어느 곳에 있었나?"

"시골에 있는 작은 여인숙에 있었지요."

그 말에 헨리 경이 웃음을 짓고는 말했다.

"이보게, 시골에서는 누구나 선량해지는 법이네. 좀처럼 유혹하는 걸 찾을 수 없으니 말이지. 도시 밖에 사는 사람들이 문명화할 수 없는 이유가 바로 그것이네. 문명은 절대 섭게 획득할 수 없는 법이지. 인간이 문명에 도달할 수 있는 길은 딱 두 가지뿐이네. 하나는 교양을 쌓는 것, 또 하나는 타락하는 것. 하지만 시골 사람들은 그 어느 길로도 뻗어 나갈 기회가 없네. 그래서 그들은 오랫동안 정체될 수밖에 없지."

"교양과 타락, 저는 나름대로 두 개념을 잘 알아요. 하지만 지금 그 둘을 함께 붙이니 웬지 소름이 끼치는군요. 아마 제게 새로운 이상이 생겨서 그런 듯해요. 저는 달라질 거예요. 아니, 이미 달라지고 있어요."

"자네는 아직 어떤 선행을 했는지 알려 주지 않았네. 아니, 벌써 몇 번씩이나 선행했다고 말했었나?" 헨리 경은 작은 피라미드 모양의 잘 익은 빨간 딸기들을 접시에 붓고, 구멍이 뚫린 조개 모양의 숟가락으로 그 접시에 설탕을 뿌리며 물었다.

"해리, 다른 이들은 몰라도 당신에게만큼은 이 이야기를 해 드릴 수 있어요. 저는 누군가에게 인정을 베풀었답니다. 빈말로 들리실 수도 있지만, 제 말을 이해하실 수 있을 겁니다. 정말 아름다운 여인이었지요. 그녀는 정말 놀라울 정도로 시빌 베인을 쏙 빼닮았어요. 시빌 베인, 기억하시지요? 기억나지 않나요? 그러고 보니 그 일도 참 오래된 것 같군요! 음, 그 친구 헤티는 물론 우리 같은 귀족 출신은 아니었어요. 그저 시골 마을에 사는 평범한 소녀였지요. 하지만 저는 진심으로 그녀를 사랑했어요. 확신해요. 저는 아름다운 5월 내내 일주일에 두세 번 정도는 꼭 시골에 내려가 그녀와 함께 있었어요. 어제는 그녀를 작은 과수원에서 만났는데, 사과 꽃이 그녀의 머리카락 위로 계속 떨어졌고, 그녀는 계속 웃음을 터뜨렸어요. 실은 오늘 아침, 우리 둘은 날이 밝는 대로 달아나기로 했었어요. 하지만 불현듯 저는 그녀를 처음 마주했던 그 아름다운 꽃 같은 모습 그대로 그녀를 지켜 주어야겠다고 결심했어요."

헨리 경이 말을 가로막으며 말했다.

"도리언, 자네가 느낀 새로운 감정이 짜릿한 쾌락을 선사한 모양이군. 하지만 내가 자네를 대신해 이 목가적인 이야기를 마무리해 보겠네. 결국 당신은 그녀에게 좋은 충고를 하려 했지만, 그녀의 가슴을 찢어 놓고 말았겠지. 바로 이것이 자네가 마음이 바뀌는 단초가 되었을 테고."

"해리, 정말 너무하네요! 그렇게 섬뜩한 말을 하지 마요. 헤티는 마음의 상처를 입지 않았어요. 물론 눈물을 흘리긴 했지만 그것뿐이었어요. 그녀가 수치심을 느낄 만한 그 어떤 것도 없었어요. 이제 그녀는 박하와 금잔화가 핀 자신의 정원에서 페르디타(셰익스피어의 「겨울 이야기」에 나오는 소녀)처럼 살아갈 수 있을 거예요."

"그리고 자신을 버린 플로리젤(셰익스피어의 「겨울 이야기」에 나오는 보헤미아의 왕자)을 떠올리며 흐느껴 울겠지." 헨리 경은 의자에 등을 기댄 채 웃으며 말을 이었다.

"도리언, 자네는 꽤나 철부지 같은 면이 있단 말이야. 그 아가씨가 앞으로 자신과 같은 계급의 남자에 만족할 수 있을 것 같은가? 뭐 미천한 짐꾼이나 농사꾼과 결혼할 수는 있겠지. 하지만 자네를 만나 사랑한 것 때문에 그녀는 자기 남편을 멸시하게 될 것이고, 결국 말로는 비참해지고 말 것이네. 그러니 도덕적인 관점으로 봤을 때, 나는 자네의 그 위대한 단념을 높이 평가할 수 없는 것이네. 새 출발의 시작부터가 너무 형편없군. 게다가 지금 그 헤티라는 여인이 물방앗간에서 아름다운 수련에 둘러싸인 채 비련의 오필리어처럼 표류하고 있을지 누가 알겠나?"

"해리! 더는 못 참겠어요. 당신은 정말 모든 것을 조롱하고, 게다가 가장 비극적인 결말만을 내놓는군요. 괜히 말을 꺼냈어요. 하지만 어떻게 말씀하시든 저는 상관치 않아요. 저는 제 행동이 옳았다는 것을 잘 알고 있으니까요. 아, 가엾은 헤티! 저는 오늘 아침 말을 타고 농장을 지날 때 재스민처럼 하얀 그녀의 얼굴을 보고 말았어요. 이제 이 이야기는 그만해요. 제가 몇 년 만에 처음으로 스스로를 희생한 행동에 대해, 일종의 죄악과 다름없는 일이라고 설득하려 하지도 마세요. 저는 더 선한 사람이 되고 싶고, 꼭 선한 사람이 될 거예요. 이제 제 얘기 말고 당신 얘기를 들려주세요. 런던 모습은 요즘 어떤가요? 클럽에 가지 않은 지도 꽤 되어서 잘 모르겠어요."

"이곳 사람들은 여전히 가엾은 바질의 실종에 대해 이야기하고 있네."

그 말에 포도주를 따르던 도리언이 살짝 얼굴을 찌푸리며 말했다.

"이제 그 사건이 싫증 날 때도 되지 않았나요."

"이보게, 사람들이 그 이야기를 시작한 지는 채 6주도 되지 않았네. 사실 영국 사람들은 석 달 이상 다른 화제가 생기지 않으면 그 정신적 부담을 감당하지 못하지. 하지만 최근에는 대단히 운이 좋았네. 내 이혼 소송도 있었고, 앨런 캠벨의 자살도 있었지. 게다가 지금은 어떤 예술가의 불가사의한 실종 사건이 벌어졌지 않나. 런던 경찰 측에서는 11월 9일 밤에 파리행 열차를 탔던 회색 얼스터 코트를 입은 남자를 바질이라고 주장하고 있지만, 파리 경찰 측은 바질이 절대 파리에 도착하지 않았다고 밝혔지. 어쩌면 2주일 후에 갑자기 샌프란시스코에서 그를 봤다는 소식이 들릴지도 모르네. 기묘한 일이지만, 희한하게도 그간 실종된 사람들이 모두 샌프란시스코에서 발견되었다지. 샌프란시스코는 저승의 매력까지 지닌 참으로 유쾌한 곳이지 않나."

"바질에게 어떤 일이 있었을 것 같나요?"

도리언은 부르고뉴 포도주를 들고는 불빛에 비추며 이렇게 말했다. 그는 이 문제를 이토록 침착하게 이야기할 수 있다는 것에 스스로 놀랐다.

"내가 뭘 알겠나. 설령 바질이 숨어 있고 싶어 한들 나와는 어떤 상관도 없는 일이지. 만약 그가 정말 죽었다면, 그것만큼은 더 생각하고 싶지 않네. 죽음이야말로 내가 두려워하는 유일한 것이니 말이지. 정말 끔찍해."

"왜지요?" 도리언은 지친 목소리로 물었다. 헨리 경은 격자 모양의 금박을 입힌 각성제 뚜껑을 열어 냄새를 맡고는 말했다.

"왜냐하면…… 오늘날에는 무엇이든 다 이겨 낼 수 있을 것 같지만, 죽음만은 예외이기 때문이네. 죽음과 천박함, 19세기에 어떤 말로도 설명할 수 없는 두 가지의 사실이지. 도리언, 이제 우리 음악실로 가서 커피나 마시지. 나한테 쇼팽의 곡을 연주해 주게. 내 아내와 도망쳐 버린 사내놈이 쇼팽곡 연주는 기가 막히게 잘하더군. 가엾은 빅토리아! 나는 그녀를 정말 좋아했네. 지금 그녀가 없으니 집이 너무나 쓸쓸해졌지. 물론 결혼 생활은 습관에 불과하네. 그것도 너무 나쁜 습관이지. 하지만 인간은 그런 최악의 습관을 상실했을 때 가장 후회하는 법이지. 어쩌면 최악의 습관이야말로 인간의 개성을 드러내 주는 것일지도 모르네."

도리언은 아무 말도 하지 않고 자리에서 일어나 옆방으로 향했다. 그러고는 상아로 만든 흰 건반과 검은 건반이 놓인 피아노 위에 앉아 손가락을 움직였다. 하지만 커피가 들어오자 그는 연주를 멈추고 헨리 경을 바라보며 말을 걸었다.

"해리, 혹시 바질이 살해당했을 수도 있다는 생각은 안 해봤나요?"

헨리 경은 하품하며 답했다.

"바질은 주위 사람들에게 너무나 평판이 좋았거니와 항상 싸구려 워터베리 시계를 차고 다니는 사람이었지. 그러니 바질이 무슨 이유로 살해를 당했겠나? 게다가 적을 만들 만큼 똑똑한 친구도 아니었지. 물론 그림에는 너무나 뛰어난 재주가 있었지만 말이야. 하지만 아무리 벨라스케스(에스파냐의 화가)처럼 그림을 잘 그렸다 하더라도 따분한 사람이었다는 건 분명한 사실이지. 하지만 딱 한 번 흥미로웠던 적이 있었는데, 수년 전 바로 자네를 열렬히 숭배한다고 말했을 때였어. 그때 바질에게는 자네가 예술의 매우 중요한 모티프였으니 말이야.”

“저는 바질을 무척 좋아했어요. 어쨌든 사람들이 그가 살해당했다고 말하지는 않았나요?” 도리언은 슬픈 목소리로 말했다.

“몇몇 신문에서 그렇게 말하기는 하더군. 하지만 전혀 믿을 수 없는 이야기일 뿐이지. 파리에 무시무시한 소굴이 있다는 이야기는 들었지만, 바질은 그런 곳에 발을 들일 인물이 못 되니 말이네. 그는 호기심이란 게 없었네. 그것은 바로 그 친구의 가장 큰 결점이었고.”

“헤리, 내가 만약 바질을 죽였다고 말한다면 뭐라고 하시겠어요?”

도리언은 이렇게 말하고는 헨리 경을 빤히 바라보았다.

“이보게, 그렇다면 이런 대답을 해 주겠네. 자네는 지금 어울리지 않는 배역을 연기하고 있다고 말이네. 모든 천박한 짓이 범죄인 것처럼 모든 범죄는 천박한 법이지. 자네는 절대 살인을 저지를 만한 인물이 아니네. 이 말로 자네의 허영심에 상처를 입혀 미안하지만, 이 말은 틀림없는 사실이네. 범죄는 하층민들이나 저지르는 짓이지. 물론 내가 그들을 비난할 생각은 추호도 없네. 특별한 감흥을 얻기 위해서 우리가 예술을 행하듯, 그들은 범죄를 행하는 법이니 말이네.”

“특별한 감흥을 얻기 위한 것이라고요? 그렇다면 만약 한 번 살인을 저지른 사람은 그 일을 또다시 반복할 수 있다는 말인가요? 아아, 제발 그렇다고 얘기하지는 말아 주세요."

헨리 경은 그 말에 웃으며 큰 소리로 말했다.

"어떤 일이든 너무나 자주 반복하다 보면 결국 쾌락이 되는 법이지. 그것은 인생의 가장 중요한 비밀 중 하나라네. 하지만 난 살인은 언제나 실수에서 비롯되는 것이라고 여기지. 만찬 자리에서 얘기를 꺼낼 수 없는 일은 절대 하면 안 되는 법이네. 자, 이제 우리 가엾은 바질 이야기는 그만두지. 나도 자네처럼 바질이 낭만적으로 세상을 떠났기를 바라지만 그럴 가능성은 없겠지. 혹시라도 승합 마차에서 떨어져 센강에 빠졌는데 마부가 입을 다물었다면 모르겠지만. 아, 차라리 그렇게 생각하는 편이 낫겠네. 그는 지금 탁한 초록빛의 강 아래 누워 있고, 그의 몸뚱이 위로는 육중한 바지선들이 지나가겠지. 또 기다란 수초들은 그의 머리카락을 휘감고 있을 것이네. 왠지 그런 모습들이 선명하게 느껴지는군. 자네도 알지 모르겠지만, 바질은 더 이상 좋은 작품을 그리지 못했을 걸세. 특히 지난 10년 동안은 너무나 형편없는 그림만 그려 왔지."

도리언은 깊은 한숨을 내쉬었다. 헨리 경은 방을 천천히 가로질러 향하고는 진기하게 생긴 자바산 앵무새의 머리를 쓰다듬었다. 분홍색의 볏과 꼬리, 회색 깃털을 지닌 큰 앵무새는 대나무 횃대 위에 균형을 잡고 앉아 있었다. 그가 가늘고 긴 손가락으로 앵무새의 머리를 건드리자, 유리구슬 같은 고운 눈동자를 덮고 있던 눈꺼풀에서 하얀 비듬 같은 것이 떨어지고는 앵무새가 앞뒤로 몸을 흔들기도 했다.

"사실이야." 그가 다시 돌아서 주머니의 손수건을 꺼내며 말했다.

"바질의 그림은 너무나 형편없었지. 마치 무언가가 사라진 듯했어. 그래, 이상을 잃고 만 거야. 자네와 그가 맺었던 우정에 금이 가자, 훌륭한 화가로서의 능력이 모두 무너지고 만것이지. 그런데 대체 어떤 이유 때문에 그렇게 된 건가? 아마바질은 자네를 무척 따분하게 만들었을 테지. 또한 그는 자네의 모습을 눈감아 주지도 않았을 테고. 그런 건 따분한 사람들의 오래된 특성이니 말이네. 그나저나 바질이 그렸던 그 초상화는 지금 잘 있나? 완성된 후에는 한 번도 보지 못했었군. 아, 기억나네! 자네는 몇 년 전 그 그림을 셀비로 보내다 잊어버렸던가 도둑을 맞았다든가 해서 초상화를 다시는 못 찾았다고 했지? 참으로 유감이네. 그 초상화는 정말 걸작이었지. 내가 그 그림을 당장 사들이고 싶을 정도였으니 말이네. 지금이라도 그 작품을 구할 수 있다면 좋으련만. 그것은 바질이 전성기 때 그린 최고의 작품이었지. 그 이후로는 거룩한 의도와 변변찮은 화법의 불균형만 잇따랐을 뿐이지. 물론 그건 유명한 영국 화가들이라면 대부분 수반되는 일이기는 하지만 말이지. 혹시 그 그림을 찾으려는 광고를 해 본 적이 있나? 그렇게라도 해 봤으면 좋았을 텐데."

"음, 모든 게 기억나지는 않지만 광고를 했던 것 같기도 해요. 하지만 저는 사실 그 초상화를 전혀 좋아하지 않았답니다. 초상화의 모델로 섰던 일조차 후회스럽고요. 이제는 생각만 해도 넌더리가 나지요. 그런데 갑자기 초상화 얘기는 왜 꺼내신 거지요? 그 그림을 떠올릴 때면 저는 늘 어떤 연극에 나오는 구절이 생각나요. 아마 「햄릿」이었던 것 같네요. 그 대사는……

　　슬픔을 그린 그림처럼
　　심장이 없는 얼굴.

맞아요. 제게 초상화는 바로 이런 느낌이었어요."

헨리 경은 웃음을 터뜨리며 말했다.

"만일 예술적으로 인생을 대하는 사람이라면, 그의 뇌는 곧 심장이겠지." 그는 이렇게 말하고는 안락의자에 털썩 주저앉았다. 도리언은 그 말에 고개를 젓고는 피아노에 앉아 부드러운 곡조를 연주했다.

"슬픔을 그린 그림처럼 심장이 없는 얼굴." 도리언은 이 말을 계속 되뇌었다.

헨리 경은 안락의자에 등을 바싹 기댄 뒤 실눈으로 한동안 말없이 그를 바라보다가 이내 말을 건넸다.

"도리언, 그런데 말이네. 사람이 만약 온 천하를 얻고도…… 이다음 구절이 뭐였지? '제 영혼을 잃게 된다면 무슨 이익이 있겠는가.(「마가복음」 8장 36절. 「마태복음」 16장 26절)'라는 말이던가?"

그러자 피아노의 부드러운 곡조가 깨지고 불협화음을 내더니, 도리언은 소스라친 표정으로 그를 빤히 바라보며 말했다.

"해리! 대체 그런 건 왜 물어보는 거지요?"

헨리 경 또한 깜짝 놀라 눈썹을 치켜뜨며 말했다.

"이보게, 나는 그저 자네가 대답해 줄 수 있을 것 같아서 물어본 것뿐이네. 지난 일요일에 내가 하이드파크를 지나 마블 아치 근처까지 다다랐을 때, 어떤 꾀죄죄한 행색의 사람들이 작은 무리를 이루는 모습을 보았지. 그들 옆에는 어떤 누추한 설교자가 그들에게 소리를 빽빽 지르며 이런 질문을 던지고 있었네. 꽤나 극적인 모습이다 싶었지. 런던에는 이처럼 기묘한 일들이 종종 일어나곤 한다네. 생각해 보게. 비가 추적추적 내리는 일요일에 우비를 입고 있던 괴이한 기독교인, 빗방울이 새는 우산 아래에서 창백하고 병색이 짙어 보이는 얼굴로 모인 사람들, 그 속에서 날카롭고 신경질적인 소리로 허공에 울려 퍼지던 성경 구절. 물론 그 구절은 나름대로 꽤 훌륭했네. 대단히 암시적인 구절이었다고 할까. 나는 그 예언자에게 이런 말을 건네려 했네. 예술은 영혼을 지니지만, 인간은 영혼을 지니지 못한다는 말. 하지만 이해하지 못할 것 같아 지레 그만두었지."

"해리, 당신 말은 틀렸어요. 영혼은 무시무시한 실체를 지니고 있어요. 그것은 사고팔 수도 있고, 다른 것과 교환할 수도 있지요. 또한 중독될 수도 있고, 온전해질 수도 있어요. 우리 모두는 그런 영혼을 가지고 있다는 걸, 저는 잘 알아요."

"정말 그렇다고 확신할 수 있나, 도리언?"

"물론이지요."

"아니네. 분명 자네의 착각일 테지. 사람들이 절대적으로 확신하는 것들은 절대 사실이 아닌 법이니까. 그것은 바로 믿음이 가진 숙명이자 낭만적 사랑이 지닌 교훈이지. 자네 너무 진지한 거 아닌가? 그렇게 심각하게 생각할 일이 아니네. 자네나 나나 우리 시대의 미신과 무슨 연관이 있겠는가? 미신 따위에는 전혀 신경 쓰지 않아도 되네, 우리는 이미 영혼에 대한 믿음을 포기했으니 말이지.

그러지 말고 음악이나 한 곡조 연주해 주게. 야상곡(夜想曲)이면 좋겠군. 기왕이면 연주하면서 당신이 어떻게 젊음을 유지하는지 비법이라도 알려 주면 좋겠네. 분명 어떤 비결이 있을 듯한데 말이지. 나는 자네보다 겨우 열 살 많을 뿐인데, 벌써 이렇게 주름이 자글자글해졌고 야위 데다가 얼굴은 누렇게 떴지. 하지만 도리언, 자네는 정말 아름다워. 오늘처럼 당신이 아름다운 적이 없었네. 우리가 처음 만났던 그날이 떠오르는군. 그때 자네는 다소 건방져 보이긴 했어도 수줍음이 많은 청년이었네. 더욱이 비범하다 느껴질 정도로 아름다웠고 말이지. 물론 자네도 세월이 흐르며 어느 정도 변했지만, 외모만큼은 한결같군. 내게 비결을 알려 주게. 젊음을 되찾을 수만 있다면 나는 무엇이든 하겠어! 일찍 일어나야 한다거나, 운동해야 한다거나, 존경을 받아야 하는 일을 빼면 말이네. 젊음! 그것만큼 가치 있는 게 또 있겠나? 젊은이들이 무지하다 지껄이는 건 정말 가당치도 않은 소리지. 내가 요즘 존경하는 마음으로 들을 가치가 있는 의견을 제시하는 사람들은 하나같이 나보다 다 어린 사람들이지. 요즘 젊은이들은 나보다 훨씬 나은 듯하네. 그들 앞에는 새로운 인생의 신비로움이 펼쳐져 있지. 하지만 늙은이들의 의견이라면…… 나는 항상 그들의 견해를 반박하는 것을 원칙으로 하지. 만약 자네가 그들에게 어제 일어난 일에 대한 고견을 묻는다면, 그들은 아마 1820년─사람들이 몸에 꼭 맞는 목도리를 두르고는 모든 것을 믿었지만, 정작 아는 건 하나도 없었던 그 시절─에 가지던 생각을 엄숙하게 전해 줄 테지.

아, 자네는 정말 아름다운 곡조를 연주하고 있군. 쇼팽은 이 곡을 마요르카에서 작곡했던가? 별장 주위로 파도가 울부짖고, 소금기를 머금은 물보라가 창틀에 부딪히던 그 섬 말이네. 정말 놀라울 정도로 낭만적인 곡이구먼. 이처럼 모방이 아닌 진실한 예술이 우리에게 하나라도 남아 있으니 얼마나 큰 축복인가! 멈추지 말게. 계속 연주해 줘. 오늘 밤에는 자네가 연주하는 음악을 듣고 싶군. 자네는 젊은 아폴론 같고, 나는 자네의 음악을 귀 기울여 듣는 마르시아스(그리스 신화에 나오는 반인반수의 정령. 아폴론과 음악을 겨루었으나 패배하고 목숨을 잃게 됨) 같네. 도리언, 이런 나도 자네가 알지 못할 슬픔을 가지고 있네. 노년의 비극은 늙은 것으로 비롯되는 것이 아니라 여전히 젊다는 것에서 비롯되지. 가끔 나는 내 진심을 보며 놀랄 때도 있네. 아, 도리언! 그에 비하면 자네는 얼마나 행복한 사람인가! 자네는 얼마나 아름다운 삶을 영위하고 있는가! 자네는 그야말로 모든 것을 깊이 들이마셨고, 포도송이들을 하나하나 입안에 넣고 맛보았지. 자네 앞에서라면 그 어떤 것도 모습을 숨기려 하지 않았네. 그리고 자네에게 그 모든 것은 마치 음악 소리와 같았지. 그 어떤 것도 자네를 더럽히지 않았네. 그렇게 자네는 늘 변함없고 똑같은 존재가 된 것이지."

"해리, 아니에요. 그렇지 않아요."

"아니네. 자네는 똑같네. 좀처럼 변한 것이 없지. 나는 자네의 여생이 어떻게 될지 정말 궁금할 지경이네. 그러니 제발 금욕 같은 걸로 부디 여생을 망치지 말게. 지금 자네는 너무나 완벽한 존재네. 그런 자네를 불완전한 존재로 만들지 말게. 자네는 지금 아무런 흠도 찾아볼 수 없는 사람이지. 도리언, 그렇게 고개 짓지 말게. 자네도 스스로를 잘 알잖아. 더구나 도리언, 부디 자신을 속이지 말게. 인생은 어떤 의도나 의지의 영향을 받는 것이 아니니까. 인생은 그저 신경과 섬유조직, 그리고 천천히 만들어지는 세포들의 문제지. 그 안에여러 생각이 숨기도 하고, 여러 열정이 꿈을 만들기도 하는법이지.

어쩌면 자네는 지금 스스로 자신이 안전하다고 자만할 수도 있고, 스스로 자신이 강하다고 여길 수도 있겠지. 하지만감히 말하건대 우연히 방 안이나 아침 하늘에서 마주한 어떤색채, 한때 향기를 맡기만 해도 너무나 좋아 어떤 아련한 추억을 이끌어 내던 특별한 향수, 까맣게 잊고 있다가 어느 날불현듯 다시 떠오른 시의 구절, 이제는 연주하지 않게 된 음악의 어떤 소절, 이런 것들이야말로 우리 삶을 지탱해 주는것들이지. 영국의 시인 브라우닝이 어딘가에서 이런 내용의글을 썼다지. 우리는 그저 자신이 지닌 감각만으로도 그런 류가 어떤 것인지 쉽게 상상할 수 있네. 왜 하얀 라일락 향기가 갑자기 코끝을 스쳐 지나가는 순간 같은 것이 있지 않은가. 그런 순간을 맞닥뜨리면 나는 또다시 내 인생에서 기묘한 한 달 정도를 살게 되겠지.

아, 도리언! 자네와 나를 바꿀 수 있다면 얼마나 좋을까. 세상 사람들이 우리 둘을 보고 모두 손가락질하기는 하지만, 사람들은 언제나 영원히 자네를 숭배할 거네. 자네는 이 시대가 찾고 있는 전형적인 인물이자 동시에 찾게 되는 것을 두려워하는 그런 존재지. 나는 자네가 그 어떤 것도 만들지 않았다는 것이 무척 기쁘네! 그림을 그리거나 조각을 새기는 등의 일 말이지. 자네는 그저 자네 말고는 그 어떤 것도 만든 적이 없었지. 자네는 그렇게 스스로를 음악으로 만든 것이네. 자네가 살아가는 하루하루가 곧 자네의 소네트('작은 노래'라는 뜻을 지닌 서양 시가)겠지."

피아노에 앉아 있던 도리언은 자리에서 일어나 손으로 머리를 쓸어 올리고는 나지막이 말했다.

"맞아요. 제 인생은 너무나 아름다웠지요. 하지만 해리, 저는 이제 그런 삶을 살지 않을 거예요. 그러니 그렇게 맹랑한 말은 하지 말아 주세요. 당신은 저에 대해 모든 것을 아시지는 않잖아요. 제가 만약 당신의 모든 것을 안다면, 당신도 분명 제게 등을 돌리게 될 것입니다. 아, 또 웃으시는군요. 부디 웃지 마세요."

"도리언, 왜 연주를 그만두었나? 어서 야상곡을 다시 연주해 주게나. 저 어두운 하늘에 걸려 있는 노란 달을 보게. 자신을 황홀하게 해 달라며 자네를 바라보고 있지 않은가. 자네가 피아노를 연주한다면, 달은 우리에게로 한 발짝 더 다가올 걸세. 그래도 연주하지 않을 건가? 음, 그렇다면 우리 함께 클럽에 가지. 너무나 아름다운 밤을 아름답게 마무리해야 할 테니 말이네. 안 그래도 화이트 클럽에서 자네를 알고 싶어 안달이 난 사람이 한 명 있네. 본머스의 장남인 폴 경이라는 젊은이지. 그는 벌써부터 자네와 같은 넥타이를 매고 다니며, 자네를 소개해 달라며 나를 보채고 있네. 재미난 친구지. 그 친구를 볼 때면 여러 면으로 자네가 생각나곤 한다네.”

　“만나고 싶지 않아요.” 도리언은 두 눈에 슬픈 표정을 담고는 말했다.

　“오늘 밤은 너무 피곤하네요, 해리. 클럽에 가지 않겠어요. 벌써 11시가 다 됐군요. 오늘은 빨리 잠에 들고 싶어요.”

　“그럼 집에 좀 더 있게. 오늘 밤 자네의 연주는 그 어느 때와 비교해도 단연 으뜸이었네. 경이로움마저 느껴졌어. 내가 지금껏 들어 본 어떤 연주보다도 풍부한 표현을 자랑했네.”

　그러자 도리언은 미소를 띠며 말했다.

　“그건 제가 선량한 사람이 되고자 마음먹었기 때문이겠지요. 벌써 조금 변하기 시작했고요.”

　“도리언, 자네는 절대 변하지 않을 거야. 나와 자네는 영원한 친구겠지.”

　“하지만 당신은 예전에 책 한 권으로 저를 망치려 했잖아요. 해리, 저는 절대 그 일만큼은 용서할 수 없을 겁니다. 부디 약속해 주세요. 다시는 그 책을 어느 누구에게도 빌려주지 않겠다고요. 그 책은 분명 나쁜 영향을 몰고 다닐 겁니다.”

"이보게, 이제는 정말 설교까지 하려 드는군. 이러다가는 조만간 개종한 사람이나 부흥 전도사처럼 자네가 신물이 난 온갖 죄를 짓지 말라고 경고하면서 돌아다닐 판이네. 물론 그 러기에 자네는 너무나 유쾌한 사람이지만 말이지. 설령 그렇 게 해 봐야 아무 소용도 없을 것이네. 자네나 내가 지금 지닌 모습은 이대로 우리의 본디 모습이지. 또한 앞으로도 이 모습 은 변하지 않을 걸세. 그리고 책 한 권 때문에 영향을 받다니! 그런 일은 없네. 예술은 어떤 행동에 전혀 영향을 미치지 않 네. 오히려 예술은 행동하려는 욕망을 무력하게 만들지. 예술 이야말로 가장 영향력이 없는 존재네. 세상의 부도덕함을 말 하는 책들은 그저 수치스럽고 치욕스러운 세상의 더러움을 말할 뿐이지. 하지만 더 이상 이 자리에서 문학 이야기는 논 하지 마세.

내일 들르게. 11시쯤 승마할 생각인데, 같이하면 좋겠군. 그 후에는 브랭섬 부인과 점심도 같이 먹고 말이네. 그분은 너무나 매력적인 여인인데, 어떤 태피스트리를 사들이면 좋 을지 자네의 고견을 들어 보고 싶다 했었지. 그러니 꼭 오게. 아니면 우리의 공작 부인과 식사해도 좋겠지. 그녀 말로는 요 즘 자네를 통 보지 못했다더군. 혹시 글래디스에게 싫증이 난 건가? 하긴 그럴 만하지. 그녀의 교활한 말투는 종종 사람들 의 신경을 거슬리게 하니 말일세. 어쨌든 11시에 만나세."

"해리, 꼭 가야 하나요?"

"물론이지. 특히나 요즘 하이드파크는 정말 아름답네. 자 네를 처음 마주했던 그때 이후로 이렇게 그곳이 아름다웠던 적이 없었지."

"알겠어요. 11시에 뵙지요. 그럼 안녕히, 해리."

문가로 향하던 도리언은 잠시 더 할 말이 있는 듯 머뭇거렸다. 하지만 그저 한숨을 쉬고는 밖으로 나섰다.

20

아름다운 밤이었다. 도리언은 밤공기가 너무나 따듯해서 코트를 벗어 팔에 걸치고, 목에 둘렀던 실크 스카프를 풀었다. 그는 담배를 태우며 천천히 집으로 향하고 있었다. 그러던 중 야회복(夜會服)을 입은 어떤 두 젊은이가 그를 스쳐 지나가더니, 그중 한 사람이 다른 사람에게 이런 말을 속삭였다.

"저 사람이 바로 도리언 그레이네."

도리언은 예전에 누군가가 자신을 가리키거나 빤히 바라보며, 자신에 대한 이야기를 꺼낼 때 너무나 뿌듯했던 것을 떠올렸다. 하지만 이제 그런 것들은 신물이 날 지경이었다. 최근 그는 작디작은 시골 마을에 들른 적이 있었다. 도리언에게 그 마을이 선사한 매력 중 적어도 절반 이상은 그 누구도 자신을 모른다는 것이었다. 예전에 그는 자신을 사랑하게 만든 아가씨에게 자신이 알려지라고 종종 이야기했었는데, 그녀는 그 말을 믿어 버렸다. 언젠가 그녀에게 자신이 악독한 사람이라고 말하자, 그녀는 자신을 바라보고 웃으며 그런 사람들은 언제나 늙고 못되게 생긴 법이라고 이야기했었다. 아, 그녀의 웃음소리는 얼마나 아름다웠던가! 마치 개똥지빠귀가 노래하는 듯한 소리였다. 또한 커다란 모자를 쓰고 무명옷을 입은 그녀의 모습은 얼마나 고왔던가! 그녀는 아무것도 알지 못했지만, 자신이 잃어버린 모든 것을 지니고 있었다.

집에 다다르자, 하인이 자지 않고 도리언을 기다리고 있었다. 그는 하인에게 어서 자라고 이른 후, 서재로 향해 소파에 누웠다. 그러고는 헨리 경이 자신에게 했던 몇몇 말을 곰곰이 되새겨 보기 시작했다.

인간은 절대 변하지 않는다는 그 말은 사실일까? 언젠가 헨리 경이 말했던 도리언의 소년 시절, 흰 장미처럼 아름다우며 때 묻지 않은 순수함을 지닌 그때가 너무나 그리워졌다. 도리언은 스스로를 더럽히고는 타락으로 마음을 채우고, 자신의 공상에 공포감을 가득 심었다는 것을 깨달았다. 그로 말미암아 다른 이들에게는 사악한 영향을 미치고, 그런 영향을 미치는 자신을 바라보며 소름 돋는 환희를 경험했다는 사실 또한 깨달았다. 더구나 자신의 인생과 얽혀 있던 사람들 중 자신이 수치스러움을 주었던 이들은 너무나 올곧고 누구보다도 미래가 밝던 사람들이라는 것도 깨달았다. 정녕 이 모든 일은 돌이킬 수 없는 것일까? 그에게 희망이란 전혀 없는 것일까?

아, 대체 왜 그토록 오만하고도 격렬한 기도를 했단 말인가! 왜 초상화가 그의 생명이 지닌 무거운 짐을 대신 짊어지게 하고, 청춘의 광채를 영원히 간직하게 해 달라고 빌었단 말인가! 그의 모든 실패는 바로 그 순간 시작되었다. 차라리 살면서 죄를 지을 때마다 확실한 처벌을 받았다면 좋았을 텐데! 처벌은 영혼을 정화시키는 법이다. 우리가 공명정대한 신에게 빌어야 할 기도는 '우리의 죄를 사하여 주소서.'가 아닌 '우리의 죄를 벌하여 주소서.'여야 했다. 헨리 경에게 아주 오래전에 받았던, 기묘한 조각으로 된 거울은 지금도 탁자 위에 세워져 있었다. 그 거울의 테두리에는 하얀 팔다리의 큐피드 조각이 변함없이 웃고 있었다. 그의 파멸을 불러온 초상화가 바뀐 사실을 눈치챘을 때 공포에 사로잡혔던 그날 밤처럼 그는 거울을 집어 들고 눈물로 흐릿해졌지만 날카로운 눈으로 방패 모양의 반짝이는 거울을 바라보았다. 언젠가 그를 너무나 사모했던 누군가가 그에게 편지를 보낸 적이 있었다.

'상아와 황금으로 빚어진 당신 덕분에 세상이 바뀌었습니다. 당신 입술의 곡선은 역사를 다시 쓰게 합니다.'

순간 그는 편지의 이 구절을 떠올리고, 몇 번이나 이 구절을 되뇌었다. 순간 그는 자신의 미모에 혐오감을 느꼈다. 그는 거울을 바닥에 내던지고는 발꿈치로 짓이겨 뭉개 버렸다. 산산이 쪼개진 은빛 조각들이 여기저기 나뒹굴었다.

그를 파멸시킨 것은 바로 그의 미모였다. 그가 그토록 원했던 미모와 젊음이 그를 멸망에 이르게 했다. 이 두 가지가 없었다면, 그의 인생은 깨끗했을 것이다. 그의 미모는 가면이었고, 그의 젊음은 가짜였다. 청춘 따위가 다 무엇이란 말인가! 설익고 미숙한 시간, 얄팍한 감정과 무른 사고에 지배받을 수밖에 없는 시간인 것을! 그는 왜 이런 청춘의 옷을 영원히 입고자 했던 것인가? 결국 젊음은 그를 모조리 망가뜨리고 말았다.

과거의 일은 생각하지 않는 것이 나았다. 그 무엇도 지난 일을 바꿀 수는 없는 것이다. 이제 그가 생각해야 할 것은 자기 자신과 그의 미래였다. 제임스 베인은 셸비에 있는 이름 없는 무덤에 묻혔다. 앨런 캠벨은 어느 날 밤 자신의 실험실에서 권총으로 생을 끊었지만, 그가 알게 된 비밀을 누구에게도 밝히지 않았다. 바질 홀워드의 실종을 둘러싼 사람들의 말도 곧 수그러들 것이다. 아니, 이미 수그러들고 있었다. 그렇다면 그는 너무나 안전해지는 것이다. 하지만 정작 그의 마음을 짓누르고 있던 것은 바질 홀워드의 죽음이 아닌, 살았으되 죽어 있는 자신의 영혼이었다. 바질은 자신의 인생을 파멸에 이르게 한 초상화를 그렸고, 바로 그런 이유로 도리언은 그를 절대 용서할 수 없었다. 모든 원흉은 바로 그 초상화였다. 바질은 그가 도저히 감내할 수 없는 말을 했지만, 그는 최대한 꾹 참으려고 했다. 살인은 단지 순간적인 광기에서 일어난 일뿐이었다. 앨런 캠벨은 스스로 목숨을 끊은 것이었다. 자살은 자신의 소행이었다. 도리언과는 어떤 상관도 없는 일이었다.

새로운 인생! 그것이야말로 도리언이 너무나 원하고 기다리는 것이었다. 자신은 분명 이미 새로운 인생을 시작했다. 어쨌든 그는 순결한 소녀에게 인정을 베풀었기 때문이다. 다시는 절대 순결한 사람을 유혹하지 않고, 선량한 인생을 살 것이다. 헤티 머튼을 떠올리니 그의 잠긴 방 안에 있는 초상화의 모습이 궁금해졌다. 분명 예전처럼 그토록 섬뜩한 모습은 아닐 것 같았다. 그의 삶이 순결해지면 초상화도 사악했던 얼굴의 모든 자취가 다 지워지지 않을까. 어쩌면 이미 그 흔적들이 사라지고 없을지도 몰랐다. 그는 당장 초상화를 확인해야겠다고 마음먹었다.

그는 탁자 위에 놓인 램프를 들고 천천히 위층으로 올라갔다. 방문의 빗장을 풀 때는 그의 젊은 얼굴에 잠시 환희의 미소가 입가에 머물렀다. 그렇다. 이제 자신은 선량한 사람이 될 것이며, 그렇다면 자신이 그동안 숨겨 두었던 그 소름 돋는 물건 또한 더는 자신에게 공포를 주지 못할 것이다. 그는 벌써 무거운 짐을 다 내려놓은 듯한 기분이었다.

도리언은 조용히 방 안으로 들어가 평소에 하던 대로 문을 잠갔다. 그러고는 초상화를 덮고 있던 자줏빛 장막을 걷었다. 순간 그의 입에서 고통과 분노로 가득한 외마디 비명이 터져 나왔다. 눈에는 오히려 교활한 듯이 표정이 생기고, 입가에 위선으로 가득한 주름이 생긴 것 외에는 아무 변화가 없었기 때문이다. 초상화는 여전히 역겨웠다. 아니, 전보다 훨씬 역겨워 보였다. 손에 얼룩져 있던 주홍색 방울은 더욱더 선명해졌다. 마치 최근에 흘린 피처럼 보였다. 도리언은 온몸을 떨었다. 자신이 베풀었던 유일한 선행은 고작 허영심에서 비롯된 것이란 말인가? 혹은 헨리 경이 조롱하듯 비웃으며 넌지시 건넸던 말처럼 그저 자신이 새로운 기분을 느끼고 싶다는 욕망 때문인 것인가? 그것도 아니라면, 그저 가끔 본모습보다 멋지게 행동하고 싶은 것에서 불거지는 극적인 열정 때문인가? 어쩌면 이 모든 것의 복합체로 비롯된 것은 아닌가? 그런데 저 붉은 방울은 왜 예전보다 더 커진 것인가? 그것은 마치 끔찍한 질병처럼 주름져 있는 손가락 위로 서서히 번졌고, 마치 피가 뚝뚝 떨어지는 것처럼 두 발에 묻어 있었다. 심지어 나이프를 쥐지 않았던 손에도 피가 묻어 있었다. 자백? 이 피는 자백하라는 신호일까? 자수해서 교수형을 당하라는 뜻인가? 순간 그는 웃었다. 너무나 가당찮은 생각이라고 여겼다. 설령 자백한들 누가 그 말을 믿겠는가! 살해된 남자의 흔적도 없고, 그가 지녔던 모든 물건 또한 불태워 버렸다. 세상 사람들은 그저 자신이 미쳤다고 여기는 데 그칠 것이다. 하지만 그래도 고집을 지켜 자백한다면 그를 가둘 수는 있을 것이다…… 하지만 그렇게 자백함으로써 공개적 망신을 당하고, 사람들에게 공개적으로 속죄하는 것은 결국 자신이 할 도리였다. 하늘뿐만 아니라 땅에게도 죄를 고백하도록 명하는 신이 있지 않은가. 결국 어떤 선행을 할지라도, 자신의 죄악을 고백하지 않는다면 그를 정화시킬 수 없을 것이다.

죄? 도리언은 잠시 고개를 갸웃했다. 이제 그에게 바질 홀워드의 죽음은 별것이 아니었다. 지금 그는 온통 헤티 머튼에 대한 생각뿐이었다. 지금 도리언이 바라보는 영혼의 거울이 잘못된 것을 비춘다는 것을 깨달았기 때문이다. 허영심? 호기심? 위선? 그녀를 단념하게 만든 그의 행위는 바로 이런 것 때문이 아니었던가? 대체 또 다른 무엇이 있다는 말인가? 그래, 또 다른 것이 있었다. 적어도 그는 그렇게 생각했다. 하지만 누가 그것을 알겠는가……? 그렇다. 그것 말고는 아무것도 없었다. 그는 단지 허영심 때문에 그녀를 지켜 주려 했고, 위선 속에서 선량함의 가면을 쓴 채 호기심을 충족하기 위해 자신을 부정한 것이다. 이제야 그는 자신이 그랬다는 사실을 깨달았다.

하지만 살인은 평생 그를 쫓아다니지 않겠는가? 그렇다면 자신은 평생 이 짐을 짊어져야 한단 말인가? 정녕 자백해야 하는 것인가? 아니다. 절대 그럴 수 없다. 이제 자신에게 남아 있는 불리한 증거는 딱 하나, 오로지 초상화뿐이었다. 그러니 이제 초상화만 없애면 될 것이다. 왜 이토록 오랫동안 초상화를 간직하고 있었던 것일까? 한때 그는 초상화가 변하고 늙어 가는 모습을 바라보며 환희에 젖기도 했었다. 하지만 최근에는 전혀 그런 환희를 맛보지 못했다. 오히려 그것 때문에 도리언은 밤마다 제대로 잠을 이루지 못했다. 집 밖에 나갈 때면 혹시 초상화가 다른 이의 눈에 발각되지 않을까 초조해하기 일쑤였다. 초상화는 그의 감정에 우울을 더해 주었다. 초상화를 떠올릴 때마다 그의 수없이 즐거운 순간은 곧 엉망이 되어 버렸다. 이를테면 그에게 초상화는 양심 같은 것이었다. 그렇다. 초상화는 그의 양심이었다. 결국 그는 자신의 양심을 없애 버리기로 마음먹었다.

도리언은 방을 둘러보았다. 바질을 찔렀던 나이프가 보였다. 핏자국이 없어질 때까지 몇 번이고 씻었던 나이프는 반짝거리고 윤이 났다. 이제 그 나이프는 바질을 죽였던 때처럼 바질이 그린 작품과 그것이 상징하는 모든 것을 없앨 것이다. 나이프는 과거를 죽일 것이고, 과거를 죽인다면 도리언도 해방감을 맛볼 것이다. 나이프는 이 끔찍한 영혼의 생명을 죽일 것이고, 그렇다면 그는 평화를 누릴 것이었다. 그는 나이프를 힘껏 움켜쥔 채 초상화를 찔렀다.

이내 비명과 함께 괴이한 소리가 들렸다. 그 소리가 얼마나 소름 돋았던지 집 안의 모든 하인이 소스라치게 놀라 잠에서 깨어 방에서 나올 정도였다. 아래쪽 광장을 지나가던 두 신사 또한 그 소리에 걸음을 멈추고는 저택을 올려다보았다. 이내 그들은 다시 발걸음을 옮겼지만, 그러던 중 경관을 만나자 그를 데리고 다시 도리언의 집으로 향했다. 경관이 여러 번 벨을 울렸지만, 안에서는 아무런 대답이 없었다. 맨 위층의 창문들 중 하나에서 빛이 비칠 뿐 저택은 온통 캄캄했다. 경관은 그곳에서 좀 떨어진 곳의 현관에 서서 저택의 동정을 살폈다.

"경관님, 저 집은 누구 집입니까?" 두 신사 중 나이 든 사람이 물었다.

"도리언 그레이 씨 집이군요."

그 말에 그들은 자리를 떠나 가던 길을 가며, 서로를 보고는 비웃음을 터뜨렸다. 그들 중 한 사람은 헨리 애슈턴 경의 숙부였다.

저택 안의 하인들이 있던 곳에서는 옷을 대충 걸친 하인들이 낮은 목소리로 수군거리고 있었다. 나이 든 리프 부인은 양손을 꽉 쥔 채 눈물을 흘렸고, 프랜시스는 그만 얼굴이 새

하얗게 질려 버렸다.

15분 정도가 지난 후, 프랜시스는 마부와 하인 한 명을 데리고 조심스레 위층으로 향했다. 문을 두드렸지만 어떤 대답도 들리지 않았다. 소리쳐 불러 보기도 했지만, 사방은 고요할 뿐이었다. 억지로 방문을 밀어 보려 했지만 소용없었다. 결국 그들은 지붕 위로 뛰어 올라가 발코니로 내려갔다. 나사가 낡았기에 창문은 의외로 어렵지 않게 열 수 있었다.

방 안으로 들어선 그들은 곧 눈부시게 아름다운 초상화 한 점이 벽에 걸려 있는 것을 발견했다. 그들의 주인의 모습이 그려진 초상화였다. 너무나 아름답고 경이로운 미모를 그대로 머금은 모습이었다. 그리고 바닥에는 야회복을 입은 어떤 남자가 가슴에 칼이 꽂힌 채 쓰러져 죽어 있었다. 주름으로 가득하고 야윈 데다가 너무나 역겨운 인상의 남자였다. 그들은 그 사람의 손에 끼워져 있던 반지를 보고 나서야 비로소 그가 누구인지 알 수 있었다.

도리언 그레이의 초상

The Picture of
Dorian Gray

작품 해설 및 작가 연보

『도리언 그레이의 초상(The Picture of Dorian Gray)』 작품 해설

1. 작가의 생애

19세기 말 유미주의를 대표하는 영국의 극작가이자 소설가, 시인인 오스카 와일드(Oscar Wilde, 1854~1900)는 1854년 10월 16일, 아일랜드 더블린에서 2남 1녀 중 둘째로 태어났다. 아버지는 유명한 의사이자 고고학자였고, 어머니는 시인이었다. 1871년에 더블린의 트리니티 대학에 입학해 고전 문학을 공부한 그는 지도 교수의 영향으로 그리스 문학에 심취한다. 졸업할 무렵에는 최우등상인 버클리 골드 메달을 수상하기도 한다. 1874년에는 옥스퍼드 대학에 입학해 장학금을 받으며 공부했고, 1878년에는 시 「라벤나」로 뉴디게이트 상을 수상하며 우수한 성적으로 졸업한다. 그 무렵 오스카 와일드는 월터 페이터 교수의 영향을 받아 유미주의와 퇴폐주의 운동에 참여한다. 심미주의적 예술관을 보여 준 월터 페이터 교수의 저서 『르네상스』(1873)는 오스카 와일드의 인생에 가장 큰 영향을 미치게 된다. 대학 졸업 후 본격적으로 작가의 길을 걷던 그는 더블린에서 어린 시절에 사랑을 나누었던 플로렌스를 만나지만, 실연하고 영국으로 건너가 런던에 정착한다. 1880년에는 첫 희곡인 「베라, 혹은 허무주의자들」을 집필하고 런던에서 상연하지만, 크게 주목을 받지 못한다. 그러다가 1881년, 틈틈이 습작했던 시들을 모아 『시집(詩集)』을 출간한다. 강연에도 재능이 있었던 그는 1882년부터 약 1년에 걸쳐 미국에서 순회강연을 한다. 이 시기에 헨리 롱펠로, 올리버 웬들 홈스, 월트 휘트먼 등의 문인들과 교유하며 뉴욕에서 「베라, 혹은 허무주의자들」을 상연하지만 좋은 성과를 얻지 못한다. 1883년에는 '현대 사회에서 예술에 대한 가치와 의상' 등을 주제로 한 순회강연을 하고, 희곡 「파두아 공작 부인」을 집필한다. 1885년에는 〈팔 말 가제트〉 지에 예술과 인생에 대한 평론을 연재하기 시작한다. 1887년에는 대중 잡지 〈숙녀의 세계〉의 편집자로 일하며 잡지명을 '여성의 세계'로 바꾸고 모든 여성을 위한 사회 참여적 잡지로 격상시킨다. 이 무렵, 단편 「캔터빌의 유령」, 「비밀이 없는 스핑크스」, 「아서 새빌 경의 범죄」 등을 완성하고, 창작 동화집 『행복한 왕자와 그 밖의 이야기들(The Happy Prince and Other Tales)』(1888)을 발표해 많은 사랑을 받는다. 하지만 작가로서 오스카의 명성을 드높인 것은 그가 남긴 유일한 장편 소설인 『도리언 그레이의 초상(The Picture of Dorian Gray)』(1891)에 의해서였다. 그는 1890년 월간지 〈리핀코스 먼슬리 매거진〉에 13개의 장으로 이루어진 「도리언 그레이의 초상」을 발표한다. 하지만 발표 후 동성애적 요소와 퇴폐적인 내용을 다루었다는 이유로 큰 논란이 된다. 현실과 타협한 그는 작품 내용을 수정하고 삭제한 뒤 20장으로 확대해 이듬해에 단행본으로 출간한다. 같은 해, 동화 모음집 『석류나무의 집』을 출간하고, 엘프레드 더글러스 경과 오랜 시간 교유한다. 1892년에는 희곡 「윈더미어 부인의 부채(Lady Windermere's Fan)」를 집필하고 무대에서 상연해 큰 성공을 거둔다. 같은 해에 프랑스어로 이루어진 희곡 「살로메(Salome)」를 집필했으나, 성인(聖人)을 극화할 수 없다는 당시 법에 따라 상연이 금지된다. 1893년에는 희곡 「하찮은 여인(A Woman of No Importance)」을 발표하고 『살로메』와 『윈더미어 부인의 부채』를 출간한다. 이 무렵 그는 꾸준히 희곡 작품을 발표한다. 1895년에는 「이상적인 남편(An Ideal Husband)」과 그의 최고 작품으로 꼽히는 「진지함의 중요성(The Importance of Being Earnest)」을 발표하고 상연한다. 이렇듯 오스카 와일드는 시, 소설, 희곡에 이르기까지 다양한 장르를 아우르며 활발한 창작 활동을 이어 나간다. 하지만 그 무렵, 동성애자라는 혐의로 기소되어 2년 형의 실형을 선고받는다. 그는 1897년에 감옥에서 출소한 뒤, 프랑스로 넘어가 '세바스천 멜모스'라는 필명으로 활동하며 수감 중에 쓴 참회록 『옥중기(De Profundis)』를 출간하고 1898년에 파리에 정착한다. 같은 해 그의 마지막 작품이 된 시(詩) 『레딩 감옥의 노래』(1898)를 출간한다. 그는 1900년 11월 30일, 뇌막염으로 생을 마감한다.

당시 동성애자라는 오명을 남기고 생을 마감한 오스카 와일드는 사후 100여 년이 지난 1998년, 런던 트라팔가 광장에 '오스카 와일드와의 대화'라는 동상이 세워짐으로써 명예를 회복했다. 그의 작품 세계 또한 재조명되었다.

2. 작품 내용 살펴보기

오스카 와일드가 활동했을 당시의 영국은 엄격한 도덕주의가 지배하던 국가였다. 그래서 그는 억압된 인간의 본성을 되찾기 위해 노력했다. 이러한 그의 성향은 작품뿐만 아니라 외양에도 반영되었다. 당시 남자들은 무채색 계열의 옷만을 고수했지만, 그는 장발에 화려한 색상의 옷을 입고 다녔다. 그가 처음이자 마지막으로 쓴 장편 소설 『도리언 그레이의 초상』은 1890년 잡지에 발표되자마자 부도덕하다는 이유로 세간의 신랄한 혹평을 받았다.

> 예술가는 아름다운 것을 만드는 사람이다. 예술의 목적은 예술을 드러내되, 예술가는 감추는 것이다.
> 평론가는 아름다운 것에 대한 자신의 인상을 다른 논리로, 혹은 자기만의 새로운 방식으로 증명해야 하는 사람이다. 그렇기에 평론은 가장 저급한 형식뿐만 아니라 최고의 형식 또한 자전적일 수밖에 없다.
> 아름다움에서 추한 의미를 들추어내려는 이는 분명 타락한 사람이다. 이것은 잘못이다. 한편 아름다움에서 아름다운 의미를 찾아내는 이는 기품 있는 사람이다. 이들에게는 희망이 존재한다. 그들은 선택받은 사람들이다. 이들에게 아름다움은 그저 순수하게 아름다운 것만을 의미한다.
> 도덕적인 책, 혹은 부도덕한 책이라는 것은 없다. 다만 잘 쓴 책, 그리고 잘 쓰지 못한 책이 있을 뿐이다.

이 작품의 서문 중 "도덕적인 책, 혹은 부도덕한 책이라는 것은 없다. 다만 잘 쓴 책, 그리고 잘 쓰이지 못한 책이 있을 뿐이다."라는 문장은 특히 가혹한 비난의 표적이 된다. 결국 그는 현실과 타협하며 논란이 된 부분을 수정하고, 이 작품을 발표한 다음 해에 단행본으로 새롭게 출간한다. 작품의 내용은 다음과 같다.

쾌락주의자 성향을 지닌 헨리 워튼 경('해리'라고도 불린다.)은 어느 날 친구인 화가 바질 홀워드가 그린 초상화를 보고 매혹된다. 바질 작품의 모델은 바로 도리언 그레이라는 젊고 아름다운 청년이었다.

"그런데 갑자기 누군가가 나를 보는 시선이 느껴졌지. 누구인지 궁금해서 몸을 돌렸을 때, 처음으로 도리언 그레이를 마주했네. 그와 눈이 마주치자, 내 얼굴에서 핏기가 가시는 기분이 들더군. 그는 존재 자체만으로도 매력적인 사람이었네. 야릇한 공포감이 나를 덮쳐 왔지. 가만히 있다가는 내 본질과 영혼마저 그에게 잡혀 먹힐 듯한 느낌이었지.

해리, 잘 알고 있겠지만 나는 본래부터 주체적인 사람이네. 늘 나만이 나의 주인이라고 생각하며 살아왔네. 그를 만나기 전까지는 말일세. 그런데 바로 그 순간…… 어떻게 설명해야 할지 모를 끔찍한 위기의 순간이 다가오는 것만 같은 느낌이 들더군.

나는 운명의 여신이 내게 환희와 그것만큼 엄청난 슬픔을 가져다줄 것이란 기분이 들었네. 점점 두려운 마음뿐이었지. 그래서 그곳을 빠져나와야겠다고 생각했네. 그 순간 내가 도망치려던 행동은 양심의 문제가 아니라, 어쩌면 비겁함 같은 이유였지."

그러자 바질은 진지하게 말했다.
"지금 나에게는 도리언이 예술 그 자체네."
그러고는 이런 말을 덧붙였다.
"해리, 내가 가끔 생각하는 게 하나 있는데, 세계사를 통틀어 중요한 시기는 딱 두 차례이지 않을까. 하나는 예술을 위해 새로운 재료가 등장한 시기, 그리고 다른 하나는 예술을 위해 새로운 개성이 표출됐던 시기지. 베네치아 사람들에게 유화의 발명이 갖는 의미, 그리고 안티노오스(그리스 신화에 나오는 인물. 오디세우스가 쏜 복수의 화살에 맞아 첫 희생자가 됨)의 얼굴을 발견한 것이 그리스 조각가들에게 갖는 의미처럼 내게는 도리언 그레이를 발견한 것이 그런 의미로 다가올 걸세. 나는 단순히 그를 스케치하고 색을 입히는 것으로 끝내지 않을 걸세. 그는 어떤 모델이나 대상보다도 소중한 존재지."

바질은 자신의 초상화의 모델이 된 도리언을 처음 만났을 당시를 회상하며 헨리에게 그가 받은 인상에 대해 설명한다. 바질에게 있어 도리언은 인간이 지닌 아름다움을 넘어서 경외심마저 들게 한 존재였던 것이다.

한편, 바질의 집에 머물다가 우연히 도리언을 만나게 된 헨리는 순수하고 아름다운 청년 도리언에게 흥미를 느끼고, 도리언 역시 그의 쾌락주의 성향에 영향을 받아 점점 향락의 세계로 빠져든다.

"우리 자신을 억압하려는 모든 충동은 결국 우리를 파멸에
이르게 하는 것이네. 인간의 육신은 한번 죄를 짓게 되면 그 죄
를 잊으려 하는데, 이는 행동이 이를 정화할 수 있는 방법 중 하
나이기 때문이지. 하지만 그런 행동 뒤에는 쾌락에 대한 회상이
나 후회가 남을 뿐이네. 유혹을 없애는 유일한 방법은 그 유혹
에 순종하며 따르는 것이지. 만약 유혹에 저항하려고 한다면, 자
네의 영혼은 스스로 억압해 버린 것에 대한 충동과 더불어 괴이
하고 비합법적인 것에 대한 열망으로 가득 차 이내 병이 들고
말 것이네."

도리언은 10여 분 동안 그 자리에 가만히 앉아 입을 벌리고
있었다. 맑은 눈동자는 묘한 빛을 냈다. 그의 내면에서 그동안
깨닫지 못했던 새로운 기운이 이는 듯했다. 하지만 그는 이토
록 낯선 기운이 자신의 내면에서 발현된 것일 수도 있다는 생각
이 들었다. 헨리 경이 꺼냈던 몇 마디의 말, 분명 우연히 말했겠
지만 아마도 다분히 의도적인 역설이 숨어 있던 그 말이 지금껏
보지 못했던 은밀한 감정을 건드린 것이다. 도리언은 자신을 꿈
틀거리게 하는 이 은밀한 감정 때문에 다시금 심장이 뛰는 듯한
기분을 느꼈다. (…) 그렇다. 도리언은 그가 소년 시절에 이해
하지 못했던 것들을 분명히 이해하고 있었다. 이제 그에게 삶은
강렬히 타오르는 불처럼 가슴을 뜨겁게 했다. 마치 자신이 그
뜨거운 불길 속을 헤쳐 온 것만 같았다. 왜 예전에는 이런 사실

을 몰랐던 것일까?

"아, 그러니 부디 젊을 때 자네의 젊음을 깨닫길 바라네. 그
리고 부질없는 것에 귀를 기울이거나 희망 없는 실패의 삶을 이
어 나가기 위해 노력하지 말게. 또 굳이 평범하고, 무지하며, 세
속에 찌든 사람들에게 자네를 내어 주며 이토록 아름다운 자네
의 시기를 낭비하지 말게나. 그들은 그저 허황된 목적이자 그릇
된 것에 불과하네.

그러니 자네의 삶을 살아야 해! 자네 안에 내재돼 있는 경이
로움에 귀를 기울이란 말이네! 무엇 하나 함부로 잃어버리지 말
고, 항상 새로운 감동을 주는 존재를 찾기 위해 살게나. 아무것
도 두려워하지 말고. 어쩌면 이런 쾌락은 우리 시대가 진정 원
하는 것일지도 모르네. 자네는 이런 쾌락주의의 상징적인 존재
가 될 수도 있네. 지금 자네의 매력으로는 못 할 것이 없어. 그
시기 동안 세상은 오롯이 자네 편이 되어 줄 수 있다는 얘기네."

헨리는 도리언에게 자신이 추구하는 쾌락주의에 대해 설파
한다. 그의 말에 매혹된 도리언은 영원히 늙지 않고 아름답게,
육체적인 쾌락을 향유하겠다고 결심한다.

그때 도리언 그레이가 자신의 초상화를 바라보며 낮은 목소
리로 말했다.

"아, 얼마나 슬픈 것인가! 내가 결국 늙어 흉측한 모습으로
변한다는 것은! 하지만 이 초상화는 영원히 젊음을 유지한 채

남아 있겠지. 분명 오늘보다 더 늙지 않겠지. 아, 내가 영원히 젊음을 유지하고 저 초상화가 늙어 간다면 얼마나 좋을까! 그럴 수만 있다면……. 그걸 위해서라면 무엇이든 다 줄 수 있을 것만 같아! 내 영혼마저도!"

"저는 이제 아름다움이 시들지 않는 모든 것을 질투해요. 당신이 그린 제 초상화에도 질투심이 느껴질 정도예요. 제가 결국 잃을 수밖에 없는 걸 어째서 초상화는 계속 간직하고 있는 것이지요? 저는 차츰 모든 것을 잃어 가겠지만, 이 초상화는 영원히 새로운 쾌락을 얻겠지요. 아, 이 그림이 변하고 제가 영원한 젊음을 얻는다면 좋겠지만! 바질, 대체 왜 이 초상화를 그린 건가요? 이제 이 초상화는 저를 비웃으며 조롱하고 말 거예요. 악독하게 저를 비웃을 거란 말이에요!"

어느새 도리언의 두 눈에는 뜨거운 눈물이 넘쳐흘렀다. 그는 바질의 손을 뿌리치고는 소파 위로 몸을 던져 쿠션에 얼굴을 묻었다.

도리언은 아름다운 자신의 초상화를 보며 슬퍼한다. 그는 초상화 속 자신의 모습처럼 영원히 늙지 않기를 바랐고, 만약 자기 대신에 초상화가 늙을 수 있다면 영혼이라도 팔 수 있을 거라고 생각한다. 도리언은 오랜 세월 아름다운 외모를 유지하며, 쾌락을 좇는 만족스러운 삶을 살아간다. 하지만 그의 주변 사람들은 차츰 그의 곁을 떠나게 된다.

"도리언! 당신을 만나기 전까지는 그저 연기만이 제 삶의 유일한 존재 이유였어요. 저는 그러한 삶만이 저를 살게 해 준다고 믿었지요. (…) 그런 저에게 당신이 나타난 거예요! 오, 아름다운 나의 연인이여! 당신이 제 여린 영혼을 구원해 주었다고요! 당신은 저에게 진짜 현실이 무엇인지 알려 주었어요. 오늘 밤, 저는 난생처음 제가 그동안 연기했던 모든 것이 얼마나 허황되고 공허하며 우스꽝스러운 것인지 알게 되었어요. (…) 도리언, 이제 저를 데려가 주세요. 우리 둘만이 사랑의 대화를 나눌 수 있는 곳으로! 이제 저는 무대가 싫어졌어요. 제가 전혀 느끼지 못하는 감정을 흉내 낼 수는 있겠지만, 이제 저 자신을 애태우는 이 감정은 도저히 흉내 낼 수 없어요."

"당신은…… 내 사랑을 죽였어."

도리언은 이렇게 말하고는 소파에 털썩 주저앉아 버렸다. 그녀는 깜짝 놀란 채 그를 바라보다가 이내 웃음을 터뜨렸다. 도리언은 그저 멍하니 있을 뿐이었다. 시빌은 다시 그에게 다가가 고운 손으로 그의 머리카락을 쓰다듬었다. 그러고는 무릎을 꿇고 그의 손에 입을 맞추었다. 하지만 도리언은 그 손을 뿌리치더니 벌떡 일어나 온몸을 떨며 말했다.

"그래, 당신이 내 사랑을 죽이고 말았어. 예전에는 당신이 내 상상력을 북돋웠지만, 이제는 내게 어떤 호기심도 일으키지 않아. 내가 당신을 사랑한 것은 당신이 더없이 훌륭한 재능을 지녔기 때문이었어. 당신은 위대한 시인이 바라던 꿈을 이루어 내 예술을 세상에 드러낼 수 있는 사람이었는데! 당신이 모든 걸

망쳐 버리고 말았어. 아아, 정말 어리석었어! 내가 이런 사람을
사랑했다니! 이제 당신은 내게 아무것도 아니야."

　도리언을 진정으로 사랑한 여배우 시빌은 그동안의 자신의
연기가 허무하게 느껴져 그가 관람하러 온 날, 연극을 망치게
된다. 그녀는 어떠한 연기로도 자신의 진정한 사랑을 담을 수
없다고 느껴서 연기할 수 없었다고 말한다. 반면에 그녀를 누
구보다 훌륭한 배우로 만들고자 한 욕망으로 가득 차 있던 도
리언은 사랑 때문에 예술을 포기한 시빌의 모습을 보며, 그녀
에 대한 사랑이 한순간에 식어 매몰차게 그녀를 외면한다. 다
정다감한 도리언에게 사랑을 느꼈던 시빌은 변해 버린 그의 모
습에 충격을 받고 급기야 목숨을 끊는다.

　하지만 도리언은 이 그림의 변화가 자신에게 도움이 되는 요
소도 있다고 여겼다. 바로 이를 통해 자신이 시빌에게 얼마나
잔인한 짓을 저질렀는지 깨달은 것이다. 아직 자신의 과오에 대
해 사과할 시기는 늦지 않았다. 분명 상황을 바꿀 여지는 남아
있었다. 잠시 이기적이며 비현실적이었던 애정은 숭고한 영향
을 받아 고귀한 열정으로 바뀔 것이다. 누군가에게는 신성한 무
엇이, 어떤 이에게는 양심이, 또 우리에게는 신에 대한 두려움이
그렇듯 이제 도리언에게 이 초상화는 평생토록 그를 이끌어 줄
안내자가 될 수 있을 것이다. 양심의 가책을 누그러뜨리는 데는
아편이 제격이고, 도덕관념을 잃게 하는 데는 마약이 제격이다.
이제 자신의 타락한 죄악을 보여 주는 데는 이 초상화가 제격인

것이다. 도리언이 자신의 영혼에 끼친 파멸의 흔적은 이제 이 초상화에 영원히 남게 될 것이다.

그는 소파를 덮고 있던 큰 덮개를 벗겨 양손에 들고는 조심스레 병풍 안으로 들어갔다. 초상화는 전보다 더 악독한 모습으로 변했을까? 다행히 또 다른 변화는 없는 듯했지만, 초상화에 대한 도리언의 혐오감은 점점 깊어져만 갔다. 금색 머리카락, 푸른 눈동자, 장밋빛 입술 모두 그대로였지만 잔인하게 변해 버린 표정은 변함이 없었다. 도리언은 그 표정을 보니 다시 소름이 끼쳤다. 자신이 시빌 베인에게 내뱉은 질책에 비하면, 그 표정은 너무나 준엄하고 중대했다. 캔버스의 그림에 담긴 그의 영혼이 도리언을 바라보며 심판을 내리는 것만 같았다. 순간 그는 다시 고통이 일었다. 그는 들고 있던 천을 그림 위로 던져 덮어 버렸다.

그날 집으로 돌아온 도리언은 초상화의 표정이 미묘하게 일그러져 있는 것을 감지한다. 어딘가 모르게 잔인함이 깃들어 있는 것처럼 느낀 것이다. 그의 소망이 이루어지기라도 한 듯 도리언이 악행을 저지를 때마다 그의 모습 대신 초상화가 변하기 시작한 것이다. 그는 변해 가는 초상화를 자신의 양심이라 여기고 가엾은 시빌에게 다시 돌아가겠다고 결심하며 이제 다시는 헨리를 만나지 않겠다고 마음먹는다. 하지만 헨리가 찾아와 시빌이 목숨을 끊었다는 소식을 전하자, 도리언은 죄책감과 절망에 괴로워한다. 이러한 그의 모습을 보며 헨리는 만약 시빌과 결혼했다면 인생을 망쳤을 거라며 또다시 자신만의 쾌락주의 사상을 설파한다. 그의 말에 감화된 도리언은 다시 예전처럼 향락을 추구하며 살아간다.

한편, 바질은 순수하고 아름다운 청년이었던 도리언이 연인이 죽었다는 소식에도 다음 날 아무렇지 않게 공연을 관람하러 간 모습에 실망하고, 그에게 이러한 영향을 준 헨리를 원망한다. 바질은 도리언에게 선물한 초상화를 곧 전시할 거라고 하며 그 그림을 보여 달라고 말한다. 이 말을 들은 도리언은 두려워하며 공포감에 휩싸인다. 변해 버린 초상화의 모습을 누구에게도 들키고 싶지 않았기 때문이다. 바질은 초상화를 보여 주지 않으려는 도리언의 태도에 의아함을 느끼지만 더 이상 재촉하지는 않는다.

어떠한 플롯도 없었고, 등장인물도 단 한 명뿐인 소설이었다. 파리에 사는 어떤 청년의 심리에 대한 연구 보고서라고 할 수 있을 듯한 내용이었다. 그 청년은 자신이 살고 있는 세기를 제외한 모든 세기의 열정과 사고방식을 자신이 살고 있는 시대에 이루어 내기 위해 애쓰는 사람이었다. 그는 일반인들이 미덕이라고 부르는 수많은 체념, 그리고 현자들이 끊임없이 죄라고 칭하는 자연스러운 반항들은 모두 인위적이며 작위적이라고 보았다. 그렇기에 오히려 이것들을 더더욱 열렬히 사랑하며, 세계정신(世界精神)이 지닌 다양한 감정을 자신의 내면에 담고 요약하기 위해 노력했다.

도리언 그레이는 몇 년이나 그 책의 영향에서 벗어날 수 없었다. 아니, 어쩌면 그가 단 한 번도 그 책의 영향에서 벗어나지 않으려 했다는 것이 더 정확한 표현이겠다. 그는 파리에서 그 책의 대형 초판본을 아홉 권이나 사들여 각각 다른 색깔로 겉표지를 꾸몄다. 자신의 다채로운 기분, 그리고 때때로 통제력을 잃어버리는 변덕스러운 기질에 따라 읽기 위해서였다. 도리언에게는 소설의 주인공이자 아주 낭만적이면서도 과학적인 기질이 오묘하게 뒤섞인 파리의 이 청년이 자신의 미래를 암시하는 인물처럼 느껴졌다. 또한 이 책의 내용은 자신의 인생을 미리 쓴 것처럼 느껴지기도 했다.

그러던 어느 날, 헨리는 도리언에게 프랑스 소설책 한 권을 보낸다. 그 책은 순식간에 도리언의 마음을 사로잡으며 그의 인생에 아주 큰 영향을 미친다. 이렇듯 계속되는 헨리의 영향으로 도리언은 죄의식 없이 점점 더 타락의 세계로 빠져든다.

도리언은 출신 지역과 사회적 지위로 볼 때 웨스트엔드의 어느 클럽 회원으로 입회할 자격이 충분했는데도 그곳에서 하마터면 제명당할 뻔한 적이 있었다. 언젠가 친구의 손에 이끌려 처칠 클럽의 흡연실에 들어갔을 때, 베릭 공작과 어떤 신사 한 명이 노골적으로 불쾌감을 드러내면서 나간 적도 있었다. 도리언이 25세가 된 이후에는 그에 대한 여러 풍문이 떠돌기 시작했다. (…) 물론 그처럼 의도적인 멸시와 무례에 대해 도리언은 조금도 개의치 않았다. 여전히 대부분 사람은 그의 솔직하고 예의 바른 언행과 매혹적이며 순진무구한 미소, 그리고 그에게 영원히 깃들어 있을 것만 같은 젊음과 우아함을 매력적으로 느끼고 있었기 때문이다. 하지만 얼마 후에는 그와 각별히 지냈던 몇몇 사람조차 그를 멀리하기 시작했다. 그를 열광적으로 흠모하고 그의 사랑을 받을 수 있다면 어떠한 도덕적 비난도 감수할 것만 같았던 여인들도 혐오스러운 감정으로 그를 바라보는 경우가 잦아졌다.

경제적 부와 사회적 지위를 모두 거머쥔 도리언은 자신도 모르게 사람들의 신뢰를 잃어 가고 있었다. 영원히 아름다울 줄만 알았던 도리언의 모습이 차츰 변해 가고 있었기 때문이다. 하지만 여전히 수많은 사람이 도리언을 따르며 그에게서 매력을 느낀다. 그래서 그는 이 사실에 크게 개의치 않는다.

"주변 사람들이 어떤 소문을 퍼뜨리는지 잘 알고 있습니다. 중산층 사람들은 변변찮은 저녁을 먹으면서 상류층 생활에 대한 험담을 늘어놓기 바쁘고, 자신들은 고결한 도덕주의자처럼 굴지요. 하지만 그 사람들은 상류층에 속하고 싶어 하고, 그 사람들과 친해지고 싶어서 그런 말을 지껄이는 거예요. 그러니 제아무리 훌륭한 장점을 가진 사람들도 결국 그들의 입방아에 오르내릴 수밖에 없지요. 그런 사람들은 정말 고결하게 사는 건가요? 바질, 당신은 우리가 위선의 본고장에서 살고 있다는 걸 잠시 잊으신 모양이네요."

도리언은 자신의 좋지 않은 평판을 진심으로 걱정하는 바질에게 오히려 화를 내고 그를 경멸한다. 그는 자신의 입장을 합리화하며 변론하기 시작한다. 예전과는 다르게 변해 버린 도리언의 모습을 보며 바질은 그의 진짜 모습이 무엇인지 볼 수만 있다면 그의 영혼을 보고 싶다고 말한다. 이러한 바질에게 도리언은 자신의 영혼이 담긴, 변해 버린 초상화를 보여 주기로 마음먹는다.

도리언은 바로 커튼을 뜯어내 바닥에 내동댕이쳤다. 그러자 어스름한 빛 사이로 자신을 향해 웃고 있는 섬뜩한 초상화의 모습이 보였다. 바질의 입에서는 기겁에 가까운 비명이 터져 나왔다. 초상화의 표정에서는 웬지 모를 혐오감과 역겨움이 느껴졌다. 맙소사! 분명 이 그림은 도리언 그레이의 얼굴이었다. 그 얼굴을 훼손시킨 정체를 알지는 못해도 다행히 아직 도리언의 아름다움을 모두 망가뜨리지는 않은 모습이었다. 머리카락은 점점 빠지고 있었지만, 아직 또렷이 반짝이는 금빛이 남아 있었다. 매혹적인 입에는 생생함을 머금은 주홍색 기운이 다 사라진 것은 아니었다. 눈은 조금 퀭해 보였지만 푸른 눈동자의 아름다움이 어느 정도는 남아 있었고, 아름답게 다듬어진 코와 잘 빚어 놓은 것 같은 목에는 여전히 우아한 곡선미가 남아 있었다. 그렇다. 도리언 그레이의 모습인 것이다.

"내 이상에는 절대 사악함도 수치스러움도 없었네. 오직 자네만이 내가 다시는 만날 수 없을 유일한 이상이었지. 그런데 이 그림은 그저 여색만을 밝히는 얼굴이네."

"제 영혼의 얼굴이지요."

"이럴 수가! 내가 숭배한 대상이 이런 존재였다니! 이건 악마의 눈동자야!"

"바질, 인간은 누구나 마음속에 천국과 지옥을 같이 갖고 있지요."

도리언은 절망적인 말투로 외쳤다. 바질은 촛불을 들고 다시 초상화를 들여다보고는 크게 소리치며 말했다.

"기가 막히네! 이 모습이 사실이라면…… 이것이 자네의 삶을 온전히 보여 주는 것이라면, 분명 자네는 사람들이 얘기하는 것보다 훨씬 더 타락한 인간인 것이네!"

초상화의 어느 곳에서도 훼손된 흔적은 찾을 수 없었다. 그렇다면 초상화의 혐오스러움과 추잡함은 분명 그림의 내면에서 나온 것이었다. 그림 안의 어떤 생명체가 기괴한 모습으로 되살아나 마치 나병이 퍼지는 것처럼 서서히 그림을 좀먹은 것이다.

도리언은 그림을 흘긋 바라보았다. 그러자 갑자기 바질에 대해 주체할 수 없는 증오심이 일기 시작했다. 마치 캔버스 위의 도리언이, 잔인하게 웃고 있는 그 입술이 실제의 자신에게 그렇게 하라는 명령을 속삭이는 것만 같았다. 이내 그에게는 사냥꾼에게 쫓기는 동물 같은 분노가 엄습했다. 여태껏 살아오면서 혐오했던 그 어떤 것보다도 훨씬 더 많이, 지금 테이블 위에 앉아 있는 저 사람에 대한 증오감이 들끓었다. 순간 그의 정면에 놓인 상자 위에서 무언가가 반짝였다. (…) 그는 천천히 바질을 지나쳐 나이프가 있는 쪽으로 향했다. 바질의 등 뒤쪽에 다다르자, 그는 재빨리 나이프를 쥐고는 돌아섰다. 바질은 자리에서 일어나려는 듯 의자에서 몸을 움직이고 있었다. 그때 도리언은 바질에게 사납게 달려들었다. 그러고는 그의 귀 뒤편에 있는 대정맥을 나이프로 힘껏 찔렀다. 곧이어 그는 바질의 머리를 테이블 위에 처박고는 힘껏 짓누른 상태에서 수차례 나이프로 그를 찔러 댔다. (…) 모든 일이 삼시간에 벌어지고 말았다. 하지만 도리언은 괴이할 정도로 침착했다.

자신의 초상화를 보며, 악마처럼 타락해 버렸다는 바질의 말에 분노를 느낀 도리언은 충동적으로 끔찍한 살인을 저지른다. 그러고 나서 옛 친구인 캠벨을 협박해 바질의 시체를 불태워 증거를 없앤다.

아, 대체 왜 그토록 오만하고도 격렬한 기도를 했단 말인가! 왜 초상화가 그의 생명이 지닌 무거운 짐을 대신 짊어지게 하고, 청춘의 광채를 영원히 간직하게 해 달라고 빌었단 말인가! 그의 모든 실패는 바로 그 순간 시작되었다. 차라리 살면서 죄를 지을 때마다 확실한 처벌을 받았다면 좋았을 텐데! 처벌은 영혼을 정화시키는 법이다. 우리가 공명정대한 신에게 빌어야 할 기도는 '우리의 죄를 사하여 주소서.'가 아닌 '우리의 죄를 벌하여 주소서.'여야 했다.

그를 파멸시킨 것은 바로 그의 미모였다. 그가 그토록 원했던 미모와 젊음이 그를 멸망에 이르게 했다. 이 두 가지가 없었다면, 그의 인생은 깨끗했을 것이다. 그의 미모는 가면이었고, 그의 젊음은 가짜였다. 청춘 따위가 다 무엇이란 말인가! 설익고 미숙한 시간, 얄팍한 감정과 무른 사고에 지배받을 수밖에 없는 시간인 것을! 그는 왜 이런 청춘의 옷을 영원히 입고자 했던 것인가? 결국 젊음은 그를 모조리 망가뜨리고 말았다.

도리언은 조용히 방 안으로 들어가 평소에 하던 대로 문을 잠갔다. 그러고는 초상화를 덮고 있던 자줏빛 장막을 걷었다. 순간 그의 입에서 고통과 분노로 가득한 외마디 비명이 터져 나왔다. 눈에는 오히려 교활한 듯이 표정이 생기고, 입가에 위선으로 가득한 주름이 생긴 것 외에는 아무 변화가 없었기 때문이다. 초상화는 여전히 역겨웠다. 아니, 전보다 훨씬 역겨워 보였다. 손에 얼룩져 있던 주홍색 방울은 더욱더 선명해졌다.

오랜 세월이 흘렀지만, 도리언은 믿기 어려울 만큼 젊음을 그대로 유지하고 있었다. 하지만 그는 이제 쾌락을 추구하는 것에도 흥미를 잃은 상태였다. 그는 문득 자신의 초상화를 바라본다. 그는 흉측하게 변해 버린 자신의 초상화를 보며 지난 날 자신의 과오를 깨닫는다. 도리언의 악행에 연루된 사람들은 모두 죽었기에 그의 범죄를 입증할 증거는 아무것도 없었다. 하지만 하나 남은 그의 양심, 바질이 그린 그의 초상화만이 그에게 살인의 기억을 상기시키며 그를 괴롭힌다. 도리언은 초상화 속에서 진정한 자신의 모습을 발견하게 된 것이다. 추하게 늘어 버린 자신의 모습을 보며 참을 수 없었던 도리언은 초상화를 칼로 찌른다. 마지막 남은 자신의 양심마저 없애기로 한 것이다. 그 순간 비명이 들리고, 사람들이 달려온다. 가슴에 칼이 꽂힌 것은 초상화가 아니라 바로 도리언이었던 것이다. 칼이 꽂힌 도리언은 사람들이 알아볼 수 없을 만큼 추한 노인으로 변해 있었고, 그의 옆에 있던 초상화는 젊음과 아름다움을 그대로 유지하고 있었다.

3. 마치며

『도리언 그레이의 초상』은 영원한 젊음과 아름다움을 위해 자신의 영혼을 파는 것마저 주저하지 않았던 청년 도리언 그레이의 욕망이 가져온 비극을 그린 작품이다. 이 소설은 '예술을 위한 예술'을 추구했던 오스카 와일드의 유미주의적인 세계관이 집약된 작품이기도 하다. 유미주의는 말 그대로 미(美)를 최고의 가치로 추구하는 사상이다. 이는 당시 부르주아의 위선적 도덕주의에 대한 오스카 와일드의 반발이자 일침이기도 하다. 그는 예술이 '도덕주의'라는 무거운 굴레에서 벗어나 예술 그 자체로서 인정받기를 원했던 것이다.

영원한 젊음과 아름다움을 얻는 대신 영혼을 잃게 되는 자아 분열, 분신(分身)에 관한 주제는 괴테의 『파우스트』나 로버트 루이스 스티븐슨의 『지킬 박사와 하이드』 등에서도 찾아볼 수 있는, 오랜 역사를 지닌 서구 문학의 모티프다. 오스카 와일드는 자신 역시 이러한 주제를 따르고 있지만, 동시에 새로운 형식으로 확립했다고 말한 바 있다. 그는 작품의 주인공인 도리언뿐만 아니라 헨리 경, 바질에게도 자신의 모습을 투영했던 것이다. 오스카 와일드는, 도리언 그레이는 자신이 되고 싶었던 모습이고, 헨리 워튼 경은 다른 사람들이 생각하는 자신의 모습이며, 바질은 실제 자신의 모습이라고 말했다.

영화, 뮤지컬 등 수많은 예술 작품에 영향을 준『도리언 그레이의 초상』은 도리언 그레이라는 청년을 통해 아름다움과 쾌락을 추구하는 인간 본연에 내재된 욕망을 보여 준다. 또한 책임이 뒤따르지 않는 욕망이 불러온 파멸의 비극성을 잘 드러내 주고 있다. 마음이 움직이는 대로 행동하며 쾌락을 추구하고자 하는 것은 모든 사람이 지닌 욕망일 것이다. 그렇기에 우리는 도리언 그레이를 어느 정도는 이해할 수 있다. 하지만 그토록 아름다웠던 청년은 인간이 지녀야 할 최소한의 양심마저 저버리고, 걷잡을 수 없는 욕망으로 주변 사람들을 파멸시키며 살인이라는 끔찍한 범죄마저 저지르게 된다. 어쩌면 독자들은 도리언보다 그의 잠재된 욕망을 깨우며 쾌락을 부추기는 헨리 워튼 경에게 더 많은 비난의 화살을 퍼부을지도 모르겠다. 하지만 오스카 와일드의 바람대로『도리언 그레이의 초상』과 마주하는 순간만이라도 예술에 도덕이라는 잣대를 들이대지 말고 예술 그 자체로서 바라보기로 하자. 그럼에도 조금 더 일찍 멈출 수 있었다면, 세월이 흐름에 따라 변해 가는 자신의 모습을 받아들이고 인정할 수 있었다면, 어쩌면 우리 곁에 영원히 아름다운 청년으로 남아 있을지도 모를 도리언 그레이의 모습이 떠올라 안타깝고 쓸쓸하다.

작가 연보

1854년 아일랜드 더블린의 웨스트랜드 로우 21번가에서 2남 1녀 중 둘째로 태어남. 아버지는 유명한 의사이자 고고학과 민속학에 대한 저서를 펴낸 윌리엄 와일드, 어머니는 '스페란 차(이탈리아어로 '희망'을 뜻함)'라는 필명으로 시를 쓰던 제인 프란체스카 엘지 와일드.

1864~1871년 북아일랜드 에니스킬린에 있는 포토라 왕립 학교에 다님.

1871~1874년 더블린의 트리니티 대학에 장학금을 받으며 진학함. 지도 교수의 영향을 받아 그리스 문학에 심취함. 마지막 학년에 최우등상으로 불리는 버클리 골드 메달을 수상함.

1874~1878년 옥스퍼드 대학의 모들린 칼리지에서 장학금을 받으며 고전을 공부함. 유별난 옷차림과 행동으로 유명해짐. 월터 페이터 교수의 영향을 받아 유미주의와 퇴폐주의 운동에 참여함. 1876년에 아버지가 별세함.

1878년 시 「라벤나」로 뉴디게이트상을 수상함. 우수한 성적으로 옥스퍼드 대학을 졸업함. 더블린에서 어린 시절 사랑을 나누었던 플로렌스를 만나지만 실연함. 이후 영국으로 건너가 1979년 런던에 정착함.

1880년 첫 희곡 「베라, 혹은 허무주의자들」을 집필함. 런던에서 이 작품을 상연하지만 별다른 성과를 거두지는 못함.

1881년 그동안 써 오던 시를 수정 및 보완한 『시집』이 호평을 얻음. 와일드의 행동이나 옷차림을 풍자하고, 유미주의 운동을 비꼬던 길버트와 설리번은 희극 오페라 〈인내〉를 상연하기도 함.

1882년 미국 순회강연을 시작함. 4개월 예정이었던 강연은 1년이 넘게 이어짐. 헨리 롱펠로, 올리버 웬들 홈스, 월트 휘트먼 등의 문인들과 교류함. 뉴욕에서 「베라, 혹은 허무주의자들」을 상연하지만 실패함.

1883년 프랑스 파리에서 약 3개월 정도를 보낸 뒤 귀국함. 이후 영국과 아일랜드에서 그가 미국에 대해 받은 인상, 현대 사회에서 예술에 대한 가치와 의상 등을 주제로 순회강연을 함. 희곡 「파두아 공작 부인」을 집필함.

1885년 첫째 아들 '시릴'이 태어남. 〈팔 말 가제트〉 지에 예술과 인생에 대한 평론을 쓰기 시작함.

1886년 둘째 아들 '비비언'이 태어남.

1887년 대중 잡지 〈숙녀의 세계〉의 편집자로 일함. 잡지명을 '여성의 세계'로 바꾸고 모든 여성을 위한 사회 참여적 잡지로 격상시킴. 단편 「캔터빌의 유령」, 「비밀이 없는 스핑크스」, 「아서 새빌 경의 범죄」 등을 발표함. 창작 동화집 『행복한 왕자와 그 밖의 이야기들』을 출간함.

1889년 대화 형식의 산문 「거짓말의 쇠퇴: 한 편의 대화」, 풍자적 전기 「펜, 연필, 그리고 독」, 동화 「공주의 생일」을 발표함.

1890년 월간지 〈리핀코스 먼슬리 매거진〉에 13개의 장으로 이루어진 「도리언 그레이의 초상」을 발표함.

1891년 발표 후 논란이 일었던 동성애적 요소와 퇴폐적인 내용을 수정 및 삭제한 뒤 20장으로 확대한 『도리언 그레이의 초상』을 출간함. 동화 모음집 『석류나무의 집』을 출간함. 엘프레드 더글러스 경과의 우정이 시작됨.

1892년 희곡 「윈더미어 부인의 부채」가 상연되어 큰 성공을 거둠. 프랑스어로 이루어진 희곡 「살로메」를 집필하지만, 성인(聖人)을 극화할 수 없다는 당시 법에 따라 상연이 금지됨.

1893년 희극 「하찮은 여인」이 상연됨. 『살로메』와 『윈더미어 부인의 부채』를 출간함.

1895년 희곡 「이상적인 남편」이 상연. 그의 최고 작품으로 꼽히는 희곡 「진지함의 중요성」이 상연됨. 엘프레드 더글러스 경과 친분 관계를 나누다 동성애자라는 혐의로 기소되어 2년 중노동형을 선고받음. 파산 선고를 받음.

1896년 어머니가 별세함. 「살로메」가 프랑스에서 상연됨.

1897년 감옥에서 출소한 뒤, 프랑스로 넘어가 '세바스천 멜모스'라는 필명으로 활동함.

1898년 파리에 정착함. 마지막 작품인 『레딩 감옥의 노래』를 출판함. 아내가 사망함.

1899년 『진지함의 중요성』과 『이상적인 남편』이 출간됨. 파리에 있는 알자스 호텔로 거주지를 옮김.

1900년 호텔 방에서 귀 수술을 받음. 세례를 받고 로마 가톨릭교도가 됨. 11월 30일, 뇌막염으로 별세함. 파리 외곽에 있는 바뇌 공동묘지에 안치됨.

1909년 유골이 파리 시내에 있는 페르 라셰즈 공동묘지로 이관됨.

생각뿔 | 세계문학 미니북 클라우드 라이브러리

거장의 숨소리를 만나는 특별한 여행

001 | 위대한 개츠비 × F. 스콧 피츠제럴드 Francis Scott Key Fitzgerald
• 〈타임〉 선정 '현대 100대 영문 소설' • 랜덤하우스 선정 '20세기 100대 영문 소설' 2위
• BBC 선정 '반드시 읽어야 할 고전'

002 | 동물농장 × 조지 오웰 George Orwell
• 〈타임〉 선정 '현대 100대 영문 소설' • 미국 대학위원회 SAT 추천 도서 • 〈뉴스위크〉
선정 '세계 100대 명저' • BBC 선정 '지난 1,000년간 최고의 문학가' 3위

003 | 노인과 바다 × 어니스트 헤밍웨이 Ernest Hemingway
• 노벨 연구소 선정 '세계 문학 100대 작품' • 〈뉴스위크〉 선정 '세상을 움직인 100권의
책' • 우리나라 문인이 가장 선호하는 '세계 문학 100선'

004 | 데미안 × 헤르만 헤세 Herman Hesse
• 미국 대학위원회 SAT 추천 도서 • 1946년 노벨 문학상 수상 작가 • 우리나라 문인이
가장 선호하는 '세계 문학 100선'

005 006 007 | 오만과 편견 × 제인 오스틴 Jane Austen
• 미국 대학위원회 SAT 추천 도서 • 노벨 연구소 선정 '세계 문학 100대 작품'
• BBC 선정 '지난 1,000년간 최고의 문학가' 2위

008 009 | 1984 × 조지 오웰 George Orwell
• 〈타임〉 선정 '현대 100대 영문 소설' • 〈뉴스위크〉 선정 '역대 세계 최고의 책' 2위
• BBC 선정 '지난 1,000년간 최고의 문학가' 3위

010 | 이방인 × 알베르 카뮈 Albert Camus
• 미국 대학위원회 SAT 추천 도서 • 1957년 노벨 문학상 수상 작가 • 노벨 연구소 선정
'세계 문학 100대 작품' • 우리나라 문인이 가장 선호하는 '세계 문학 100선'

*** | 도리언 그레이의 초상 1~2 × 오스카 와일드 Oscar Wilde
- 미국 대학위원회 SAT 추천 도서
- 〈동아일보〉 선정 '우리나라 명사들의 추천 도서'

*** | 로미오와 줄리엣 × 윌리엄 셰익스피어 William Shakespeare
- 미국 대학위원회 SAT 추천 도서
- 서울대학교 선정 '동서 고전 200선'

*** | 에드거 앨런 포 단편선 × 에드거 앨런 포 Edgar Allan Poe
- 미국 대학위원회 SAT 추천 도서 • 노벨 연구소 선정 '세계 문학 100대 작품'

*** | 예언자 × 칼릴 지브란 Kahlil Gibran
- 성경 다음으로 많이 읽힌 책

*** | 적과 흑 1~2 × 스탕달 Stendhal
- 국립중앙도서관 선정 '청소년 권장 도서'

*** | 폭풍의 언덕 × 에밀리 브론테 Emily Bronte
- 미국 대학위원회 SAT 추천 도서 • BBC 선정 '반드시 읽어야 할 고전'
- 〈옵서버〉 선정 '인류 역사상 가장 훌륭한 책'
- 국립중앙도서관 선정 '청소년 권장 도서'

*** | 독일인의 사랑 × 프리드리히 막스 뮐러 Friedrich Max Müller
- 한국출판문화산업진흥원 선정 '대학 신입생 추천 도서'

*** | 이상한 나라의 앨리스 × 루이스 캐럴 Lewis Carroll
- BBC 선정 '영국인이 즐겨 읽은 책 100선' • 영국 최고 아동 도서 50선

*** | 두 도시 이야기 × 찰스 디킨스 Charles John Huffam Dickens
- 미국 대학위원회 SAT 추천 도서 • 미국 하버드대학교 선정 '신입생 추천 도서'

*** | 오페라의 유령 × 가스통 르루 Gaston Leroux
- 세계 4대 뮤지컬인 〈오페라의 유령〉 원작

*** | 월든×헨리 데이비드 소로 Henry David Thoreau
- 미국 대학위원회 SAT 추천 도서

*** | 킬리만자로의 눈×어니스트 헤밍웨이 Ernest Hemingway
- 1954년 노벨 문학상 수상 작가

*** | 오즈의 마법사×라이먼 프랭크 바움 L. Frank Baum
- 미국 대학위원회 SAT 추천 도서
- 연세대학교 선정 '필독 도서'

*** | 레 미제라블 1~5×빅토르 위고 Victor Marie Hugo
- 세계 4대 뮤지컬인 〈레 미제라블〉 원작 • WTO 북클럽 추천 도서

*** | 파우스트 1~2×요한 볼프강 폰 괴테 Johann Wolfgang von Goethe
- 미국 대학위원회 SAT 추천 도서 • 서울대학교 선정 '권장 도서 100선'
- 국립중앙도서관 선정 '청소년 권장 도서'

*** | 바냐 아저씨×안톤 체호프 Anton Pavlovich Chekhov
- 서울대학교 선정 '동서 고전 100선'

*** | 바람이 분다×호리 다쓰오 Tatsuo Hori
- 애니메이션 〈바람이 분다〉 원작

*** | 세 가지 질문×레프 니콜라예비치 톨스토이 Leo Nikolayevich Tolstoy
- 영어권 문학가들이 뽑은 '가장 좋아하는 작가'

*** | 맥베스×윌리엄 셰익스피어 William Shakespeare
- 미국 대학위원회 SAT 추천 도서
- 서울대학교 선정 '권장 도서 100선'
- 연세대학교 선정 '필독 도서 200선'
- 국립중앙도서관 선정 '청소년 권장 도서'

*** | 외투 · 코×니콜라이 바실리예비치 고골 Nikolai Vasilievich Gogol
- 러시아 단편 소설의 모태가 된 작품

*** | 리어왕 × 윌리엄 셰익스피어 William Shakespeare
- 미국 대학위원회 SAT 추천 도서
- 〈뉴스위크〉 선정 '세계 100대 명저'
- 〈가디언〉 선정 '권장 도서'

*** | 좁은 문 × 앙드레 지드 Andr-Paul-Guillaume Gide
- 1947년 노벨 문학상 수상 작가

*** | 벚꽃 동산 × 안톤 체호프 Anton Pavlovich Chekhov
- 세계 3대 단편 소설 작가의 극작품 • 1888년 푸시킨상 수상 작가

*** | 벤자민 버튼의 시간은 거꾸로 간다 × F. 스콧 피츠제럴드 Francis Scott Key Fitzgerald
- 영화 〈벤자민 버튼의 시간은 거꾸로 간다〉 원작

*** | 눈의 여왕 × 한스 크리스티안 안데르센 Hans Christian Andersen
- 노벨 연구소 선정 '세계 문학 100대 작품' • 세계를 움직인 100권의 책

*** | 개를 데리고 다니는 여인 × 안톤 체호프 Anton Pavlovich Chekhov
- 노벨 연구소 선정 '세계 문학 100대 작품' • 서울대학교 선정 '고전 200선'
- 1888년 푸시킨상 수상 작가

*** | 이솝 이야기 × 이솝 Aesop
- 서울 독서교육연구회 권장 도서 • 어린이 독서위원회 권장 도서

*** | 무기여 잘 있거라 × 어니스트 헤밍웨이 Ernest Hemingway
- 1954년 노벨 문학상 수상 작가

*** | 네 개의 서명 × 아서 코난 도일 Arthur Conan Doyle
- BBC 드라마 〈셜록〉 원작

*** | 배스커빌가의 개 × 아서 코난 도일 Arthur Conan Doyle
- BBC 드라마 〈셜록〉 원작

*** | **야간 비행 × 앙투안 드 생텍쥐페리** Antoine Marie Roger De Saint Exupery
- 1931년 페미나 문학상 수상 작가

*** | **톰 소여의 모험 × 마크 트웨인** Mark Twain
- 1876년 출간 이후 절판된 적이 없는 스테디셀러

*** | **포로기 × 오오카 쇼헤이** Shohei Ooka
- 제1회 요코미쓰 리이치상 수상 작가

*** | **인공호흡 × 리카르도 피글리아** Ricardo Piglia
- 1997년 플라네타상 수상 작가
- 아르헨티나 작가 선정 '아르헨티나 역사상 가장 위대한 10대 소설'

*** | **정글북 × 조지프 러디어드 키플링** Joseph Rudyard Kipling
- 1907년 노벨 문학상 최연소 수상 작가
- 애니메이션, 영화 〈정글북〉 원작

*** | **신곡-연옥 × 단테 알리기에리** Alighieri Dante
- 미국 대학위원회 SAT 추천 도서
- 〈뉴스위크〉 선정 '세계 100대 명저'
- 서울대학교 선정 '권장 도서 100선'
- 국립중앙도서관 선정 '고전 100선'

*** | **황금 물고기 × J.M.G. 르 클레지오** Jean-Marie-Gustave Le Clezio
- 2008년 노벨 문학상 수상 작가

*** | **판탈레온과 특별봉사대 × 마리오 바르가스 요사** Mario Vargas Llosa
- 〈포린 폴리시〉 선정 '가장 영향력 있는 지식인 100인'
- 1994년 세르반테스상 수상 작가

*** | **잠자는 숲속의 공주 × 샤를 페로** Charles Perrault
- 애니메이션 〈잠자는 숲속의 공주〉 원작

생각볼 세계문학 미니북 클라우드 라이브러리는 계속 출간됩니다.
*** 근간 목록은 발간 순에 따라 변경될 수 있습니다.

옮긴이 및 해설 | 엄인정

국민대학교 국어국문학과를 졸업하고 동 대학원에서 국어교육학을 전공했다. 현재 단행본 편집과
영한 번역 업무를 병행하며 프리랜서로 활동 중이다. 옮긴 책으로는 『데미안』, 『톨스토이 단편선』,
『오만과 편견』, 『카프카 단편선』, 『그리스인 조르바』 등이 있다.

옮긴이 | 이한준

한림대학교에서 언론정보학을 전공했다. 대중과 괴리되지 않는 어휘로 옮기기 위해 노력하고, 부
전공으로 공부한 사회학을 토대로 사회적 소수자를 배려하는 번역을 위해 공을 들였다. 옮긴 책으
로는 『인형의 집』, 『사양』 등이 있다.

도리언 그레이의 초상 2

1판 1쇄 발행 2019년 2월 15일

지은이 오스카 와일드
옮긴이 엄인정, 이한준
해설 엄인정
펴낸이 생각투성이
편집 안주영
디자인 생각을 머금은 유니콘
마케팅 김사랑

발행처 생각뿔
주소 서울시 서초구 반포동 66-1 코웰빌딩 102호
등록번호 제233-94-00104호
전화 02-536-3295
팩스 02-536-3296
커뮤니티 www.facebook.com/tubook2018(페이스북)
e-mail tubook@naver.com
ISBN 979-11-89503-53-6(04840)
        979-11-964400-8-4(세트)

생각뿔은 '생각(Thinking)'과 '뿔(Unicorn)'의 합성어입니다.
신화 속 유니콘의 신성함과 메마르지 않는 창의성을 추구합니다.